齐鲁人杰丛书

主编 任继愈 副主编 乔幼梅 邹宗良 贺立华

寇养厚 ○ 著

一代名相——诸葛亮

山东教育出版社

图书在版编目(CIP)数据

一代名相——诸葛亮/寇养厚著.—济南:山东教育
出版社,2015

(齐鲁人杰丛书/任继愈主编)
ISBN 978-7-5328-9167-2

Ⅰ.①—… Ⅱ.①寇… Ⅲ.①传记文学—中国
—当代 Ⅳ.① I 25

中国版本图书馆 CIP 数据核字(2015)第 249138 号

齐鲁人杰丛书

主 编 任继愈

副主编 乔幼梅 邹宗良 贺立华

一代名相——诸葛亮

寇养厚 著

出 版 者:山东教育出版社

(济南市纬一路 321 号 邮编:250001)

电 话:(0531)82092664 传 真:(0531)82092625

网 址:www.sjs.com.cn

发 行 者:山东教育出版社

印 刷:山东海博印务有限公司

版 次:2016 年 4 月第 1 版第 1 次印刷

规 格:787mm×1092mm 32 开本

印 张:7.125 印张

插 页:2 插页

字 数:123 千字

书 号:ISBN 978-7-5328-9167-2

定 价:20.00 元

(如印装质量有问题,请与印刷厂联系调换)

印厂电话:0536-3501770

诸葛亮像

湖北省襄樊县古隆中诸葛亮"草庐"碑

陕西省勉县武侯墓

序

任继愈

　　山东教育出版社要出版一套《齐鲁人杰丛书》，这是一件很有意义的事。

　　我们的祖国是一个有着悠久历史和辉煌文化传统的文明古国，而山东则是中华文明的发祥地和重要地区之一，在中华民族的形成和发展史上做出了应有的贡献。近年来的考古发现已经证明，早在几十万年以前，"沂源人"就生息、繁衍、劳作在这块土地上，他们生活的年代与"北京人"大体相当。进入新石器时代，这里先后出现了后李文化、北辛文化、大汶口文化、龙山文化和岳石文化，形成了前后衔接的史前文化的完整序列，这在其他地区是十分少见的。

　　山东为齐鲁旧邦。西周初年齐鲁两国的建立，把西方周文化带到东方，与东夷文化相结合，造成新的文化优势，为后来秦汉以后的邹鲁、燕齐文化奠定了基础。齐与鲁对当时中国的政治、经济、军事、文化、科技等各个方面都产生了重大而深远的影响。孔子生于鲁国，他的思想学说不仅影响了中国，还影响到世界，成为世界人民共同的精神财富。此后孟轲、荀况发展了孔子的学说。鲁人墨翟是平民出身的政治家、科学家。孔墨两家成了战国时期的显学。孔墨之外，春秋战国时期的齐鲁地区人文荟萃，名家辈出，政治家如齐桓公、管仲、晏婴，军事家孙武、孙膑、田单，史学家如左丘明，工程技术专家鲁班，天文学家甘德，医学家扁鹊等。齐国稷下学宫，倡百家争鸣，大大地促进了学术文化的繁荣与发展，成为一时的学术中心。

下逮秦汉，中国进入大一统的封建社会。齐鲁文化博大精深的传统不断发扬光大，在此后两千年中，先后出现了公孙弘、诸葛亮、刘表、王导、王猛、房玄龄、刘晏、丘处机等政治家，彭越、羊祜、王敦、秦琼、王彦章、戚继光、邢玠等军事家，邹阳、东方朔、王粲、孔融、刘桢、徐干、左思、刘峻、刘勰、王禹偁、李清照、辛弃疾、张养浩、康进之、高文秀、谢榛、李开先、李攀龙、兰陵笑笑生、蒲松龄、孔尚任、王士禛等文学家，王羲之、王献之、颜真卿、李成、张择端、焦秉贞、高凤翰、刘墉等书画家，郑玄、王弼、刘熙、臧荣绪、邢昺、于钦、马骕、张尔岐、孔广森、郝懿行等经学家、史学家、文字学家，氾胜之、刘洪、王叔和、何承天、贾思勰、燕肃、王祯、白英、薛凤祚等科学家。几千年来，人才辈出，灿若繁星。

　　进入近代，山东地区的历史发展呈现出两个十分鲜明的特点。一是灾难和压迫深重。1840 年鸦片战争之后，随着中国社会殖民化程度的加深，先是帝国主义教会势力侵入山东，后是日、英侵占威海卫，德国侵占胶州湾。二是压迫越是深重，反抗越是激烈。山东人民不屈不挠，前仆后继，进行了艰苦卓绝的反侵略、反封建斗争。山东人民反"洋教"的巨野教案，威海人民反抗英军侵占威海卫的斗争，高密人民的反筑路斗争，宋景诗领导的黑旗军起义，曲诗文领导的抗捐抗税起义，捻军和山东抗清武装击败清亲王僧格林沁的壮举，都是山东近代史上可歌可泣的壮丽篇章。面对帝国主义瓜分中国的狂潮，阎书勤、赵三多等率先举起了"反清灭洋"的大旗，直至发展为声势浩大的义和团反帝爱国运动，更是写在中国近代历史上光辉的一页。

　　1919 年的五四运动是由山东问题引起的，山东人民则是这一运动的前驱。随着马克思主义的传播，王尽美、邓恩铭等建立了山东共产主义小组，山东成为全国建党最早的省份之一。抗日战争爆发后，在民族危亡的历史关头，山东党组织领导了冀鲁边、鲁西北、天福山、黑铁山、牛头镇、潍北、徂徕山、泰西、鲁东南、鲁南、湖西等抗日武装起义，山东军民创建了我党领导的山东战略根据地，山东大地上成长起了范筑先、张自忠、任常伦等民族英雄。在解放战争时期，山东人民参军参战，支援前线，配合华东解放军粉碎了国民党反动派的全面进攻和重点进攻，当时在山东境内发生的孟良崮、莱芜、济南、淮海等一系列重大战役的胜利，都直接地推动和影响了中国革命和中国历史的进程。

山东是一块有着悠久文化传统和光荣革命传统的土地，是一个英杰辈出的地方。作为一名山东人，我深以在故乡的土地上出现过一代又一代的文化名人和仁人志士而感到骄傲和自豪。《齐鲁人杰丛书》以文学传记的形式，将他们中的杰出人物介绍给广大读者，他们坚韧不拔、克服困难的精神给人以鼓舞，他们各具特色的人生经历和杰出贡献给人以启发。我们诚挚希望这套丛书能在弘扬祖国的传统文化，增强民族凝聚力，推进祖国的现代化建设中起到积极的作用。作为本丛书的撰写者，切盼得到广大读者的指正，以便作为今后进一步改进的依据。

目 录

引　言

　　齐鲁大地，钟灵毓秀，曾经孕育出许多杰出的历史人物，而诸葛亮便是其中最负盛名的人物之一。

　　诸葛亮不但在中国是家喻户晓、妇孺皆知的传奇式人物，而且在国外也享有很高的声誉。提起诸葛亮，无论中国人还是外国人，都会立即想到他的足智多谋和神机妙算，几乎每个人都能讲出关于他的一些故事，诸如"舌战群儒"、"草船借箭"、"三气周瑜"、"七擒孟获"、"六出祁山"，以及"借东风"、"空城计"等等。可以说，在人们的心目中，诸葛亮已经成为足智多谋和神机妙算的化身，难怪人们又称诸葛亮是中国的"智圣"。

　　但是，以上人们心目中的诸葛亮，只是罗贯中《三国演义》这部文学作品中所塑造的艺术形象，并非陈寿《三国志》这部历史

著作中所记载的真实的诸葛亮。《三国演义》中所塑造的诸葛亮艺术形象，虽然生平大事取材于《三国志》，与历史上真实的诸葛亮有一致之处，但是，由于虚构的故事和情节太多，因此又与历史上真实的诸葛亮有很大的不同。两个不同的诸葛亮，一虚一实，区别很大（详见本书最后一部分）。对于《三国演义》中作为艺术形象的诸葛亮，人们虽然都已熟知，但对于历史上真实的诸葛亮，却未必尽人皆知。

本书所要介绍的，正是人们还不尽熟悉的历史上真实的诸葛亮，不是人们都已熟悉的《三国演义》中作为艺术形象的诸葛亮。因此，读者千万不可用《三国演义》所写的诸葛亮为标准，来衡量本书所写的诸葛亮。

诸葛亮出生于东汉末年的乱世，在家乡度过了童年生活，十四岁时随叔父诸葛玄避乱南迁。叔父去世后，十七岁的诸葛亮进入隆中隐居整十年。二十七岁时，诸葛亮应刘备的邀请而出山从政，先后辅佐刘备和刘禅父子长达二十七年，直至五十四岁去世。

纵观诸葛亮的一生，其最突出之处并不在于《三国演义》所虚构的足智多谋和神机妙算，而在于他所建立的事业功绩和所表现的品德精神。从事业功绩方面讲：诸葛亮在政治上辅佐刘备开创基业，建立蜀国，辅佐刘禅撑持危局，共济时艰；在军事上亲自指挥了平定南中、北伐曹魏诸战役；同时又以法治蜀，以法治军，并撰写

了不少政治理论著作和军事理论著作。这些卓越的政治功绩和卓越的军事功绩，使诸葛亮成为著名的政治家和著名的军事家。从品德精神方面讲：诸葛亮廉洁自律、克己奉公、谦恭事主、忠心报国的高尚品德和矢志不渝、复兴汉室、鞠躬尽瘁、死而后已的献身精神，都堪为万世楷模，深受后人敬仰。

诸葛亮一生所建立的卓越的事业功绩和所表现的高尚的品德精神，使他不但成为三国时期蜀汉最著名的丞相，而且也成为中国古代历史上的名相之一。

一、出仕以前时期

（一）出逢乱世　举家南迁

诸葛亮，字孔明，出生于东汉灵帝光和四年（181），《三国志·诸葛亮传》说他是"琅琊阳都"人。这里所说的"琅琊"是指"琅琊国"，"阳都"是指"阳都县"。东汉和西汉一样，也实行"郡国制"，即在全国的行政区划中，有的地方称"郡"，有的地方称"国"，两者级别相同，下面均辖数县。郡的长官是"太守"，由朝廷直接任免；国的首领虽是皇帝分封并可世袭的诸侯王，但实权却由朝廷直接任免的"相"掌握。两汉史书中常有"郡国守相"的说法，即指郡的"太守"和诸侯王国的"相"，两者的地位权力是相等的。"琅琊"在秦代和西汉均为郡，至东汉光

武帝建武十三年（37）二月始改为国。东汉的"琅琊国"下辖开阳、诸、阳都等十三个县，其国都设在开阳县（今山东临沂市北）；而"阳都县"的治所，在今山东沂南县南。据此，史载诸葛亮为"琅琊阳都"人，即指他是今山东省临沂市沂南县人。

至于"诸葛"这个姓氏的来源，大致有三种说法。第一，《世本·氏姓》记载：齐地原有姓"詹葛"者，"诸葛"一姓，乃由齐人将"詹葛"讹读为"诸葛"而来。《世本》是战国时期史官根据古代史料文献所撰之书，专记黄帝至春秋时期各国诸侯大夫的氏姓、世系、都邑、制作等内容。据此，则"诸葛"一姓最晚在春秋时即已有之。第二，东汉应劭《风俗通义》记载：葛婴为陈涉将军，有功而诛，汉文帝追录，封其孙为诸县（今山东诸城市西南）侯，"诸葛"一姓，乃由葛婴之孙将其封地"诸"与其本姓"葛"合并而来。据此，则"诸葛"一姓在汉文帝时才产生。第三，三国韦昭《吴书》记载：诸葛瑾（诸葛亮之兄）的远祖本姓葛，是诸县人，后迁至阳都县，因阳都县也有葛姓，人们为了将两县之葛姓加以区分，遂称由诸县迁来之葛姓为"诸葛"，于是产生了"诸葛"这一姓氏。

以上三说，虽然各异，但有一点是相同的，即"诸葛"一姓起源于今山东省，而现在的诸城市和沂南县一带，则为其具体的起源地。

　　诸葛亮史有明载的远祖是西汉元帝时期的诸葛丰。诸葛丰字季少，经御史大夫贡禹举荐为侍御史，后被汉元帝提拔为司隶校尉，又加秩为光禄大夫。外戚许章，奢淫不遵法度，其宾客犯事，连及许章。诸葛丰查办其事，本欲上奏朝廷，适逢许章乘车私出，诸葛丰即举节命许章下车，想要抓捕他。许章逃入宫中乞求元帝庇护，诸葛丰在后急追，元帝即收诸葛丰之节，从此不再信任他。由于诸葛丰性情刚直，揭发检举不避权贵，在朝为官者多说他的坏话，加之他经常在春夏万物生长季节抓捕惩治人犯，被认为有违天时，因此，元帝降他为城门校尉。后来他又上书检举元帝的宠臣周堪、张猛，更加惹恼了元帝，被免为庶人，终老于家。诸葛丰虽然最终免为庶人，但刚直之名却流传天下，当时京城编为谣谚曰："间何阔，逢诸葛。"（《汉书·诸葛丰传》）意思是说，有些坏人为何长久不见，原来是碰上诸葛丰，被逮捕法办了。

　　诸葛亮的父亲诸葛珪，字君贡，曾任泰山郡丞。诸葛亮是诸葛珪的次子，他有一个兄长诸葛瑾，一个弟弟诸葛均，还有两个姐姐。中平五年（188）诸葛珪去世，当时诸葛瑾十五岁，诸葛亮八岁，诸葛均尚为幼儿，兄弟姐妹五人从此都由叔父诸葛玄抚养。他们在家乡阳都县，一直生活到汉献帝兴平元年（194）诸葛亮十四岁时。

在诸葛亮生活于家乡的十四年间，爆发了黄巾农民起义，并出现了东汉末年的大战乱。东汉自和帝开始，即位皇帝均为幼主，朝政由外戚和宦官轮番把持，政治日趋黑暗腐败，劳动人民处于水深火热之中，阶级矛盾日趋尖锐。由官僚、名士、太学生等组成的士族集团虽然也反对外戚专权，但其反对的矛头却主要指向宦官。宦官为了打击士族，便在桓帝和灵帝时两次大兴党狱，士人或被杀戮，或被禁锢终身，不得做官，史称"党锢"或"党锢之祸"。统治阶级内部（外戚、宦官、士族集团）矛盾的加剧，更加激化了本已尖锐的统治者与劳动人民之间的阶级矛盾，终于在诸葛亮四岁那年，即汉灵帝中平元年（184），爆发了以张角为首的黄巾农民起义。黄巾起义军的主力经过九个月的英勇斗争，虽然最后失败，但却沉重打击了封建地主阶级，动摇了汉王朝的统治地位。而且，黄巾余部和各地的农民武装，在主力失败之后仍然坚持斗争，持续二十多年。当黄巾起义爆发后，汉灵帝为了聚集统治阶级内部的各种势力一致对付起义军，不得不起用士族，于是下诏赦免党人，解除党锢。士族在镇压黄巾起义军时确实起了决定性的作用，这对汉王朝来说当然是好事。但是，在镇压黄巾起义军的过程中，士族又纷纷组织武装力量，乘机抢占地盘，从而埋下了军阀割据、互相混战的祸根。

中平六年（189）四月，汉灵帝死，皇子刘辩即位，是为少帝，何太后临朝，外戚何进执掌政权。何进与司隶校尉袁绍密谋召并州牧董卓带兵入京，欲借其力以诛宦官，不料计谋泄露，宦官先发制人，在董卓未至京城前先将何进杀死。袁绍率兵入宫，又将宦官斩尽杀绝。从此，外戚和宦官两败俱伤，他们之间的斗争结束了，接着而来的就是各军阀之间的斗争。

董卓带三千步骑入京后，收编原属何进的私人军队，又收买执金吾丁原的部将吕布，杀死丁原而并吞他的部下，由此兵势大盛，遂专擅朝政，废少帝刘辩而立献帝刘协。董卓的专横跋扈激怒了士族集团，汉献帝初平元年（190）正月，关东州郡共推袁绍为盟主，起兵讨伐董卓。二月，董卓因关东兵势强盛，欲迁都以避其锋，于是悉烧洛阳宫室，挟持献帝由洛阳迁徙长安，驱民数百万同徙。自洛阳至长安数百里间，步骑驱迫，互相践踏，官兵又一路抢劫杀戮，致使尸横遍野，室屋荡尽，惨状目不忍睹。此后，原先结盟共讨董卓的关东群雄又发生分裂，互相攻伐，军阀混战由此开始。初平三年（192）四月，董卓被王允和吕布杀于长安，接着，其部将李榷、郭汜等为董卓报仇，攻陷长安，杀死王允，赶跑吕布，军阀混战进一步扩大。

在军阀混战的乱世中，诸葛亮的家乡"琅琊阳都"也难免战乱之灾。曹操为报杀父之仇，于初平四年（193）和兴平元年（194）接连两次进攻徐州牧陶谦。尤

其是第二次进攻时，曾略地至徐州所辖的琅琊国各县，大军所至，生灵涂炭，诸葛亮的家乡当然也饱受蹂躏。恰在此时，袁术请诸葛玄去任豫章郡（今江西南昌）太守，十四岁的诸葛亮便与姐弟随叔父诸葛玄同至豫章任所。袁术字公路，汝南汝阳人，是袁绍的堂弟，初平四年（193）被曹操击败后由陈留退至扬州九江郡，赶走扬州刺史陈瑀，自领其州，以寿春为根据地，成为一大军阀。当时的扬州，辖有九江、丹阳、庐江、会稽、吴、豫章六郡，而袁术新领其州，亟须重新任命各郡太守，于是请诸葛玄去任豫章郡太守。但是，由于诸葛玄是袁术私署的郡守，朝廷不予承认，在兴平二年（195）另派朱皓为豫章郡太守，因此诸葛玄上任不久，便被朱皓逐出南昌。诸葛玄无处立足，接着又带十五岁的诸葛亮及其姐弟投奔荆州牧刘表。而此时诸葛亮的兄长诸葛瑾，已经二十二岁，能够独立生活，也因"遭本州倾覆，生类殄尽"（《三国志·诸葛瑾传》），于是离开家乡，避乱江东，自谋生路，后来成为孙权的重臣。

（二）躬耕南阳　期遇明君

荆州牧刘表是诸葛玄的老朋友，他非常热情地接待了诸葛玄等人。但不幸的是，诸葛玄到荆州不久，便于建安二年（197）去世，诸葛亮的两个姐姐也已出嫁。从此，十七岁的诸葛亮失去依靠，只得与其弟诸葛均来到荆州所辖的南阳郡邓县之隆中（今湖北襄阳城西）结庐而居，躬耕而食，过起隐居生活。"隆中"是个山名，因山脊隆起如龟背而得名。这里紧临汉江，风景优美，北宋苏轼在《万山》诗中曾盛赞其地曰："回头望西北，隐隐龟背起。传云古隆中，万树桑柘美。"诸葛亮选择隆中作为隐居地，可谓颇具眼力。

隐居隆中　刻苦攻读

　　诸葛亮在隆中虽然过着躬耕而食的隐居生活，但他少怀壮志，时刻关心着天下大事。他后来在《出师表》中虽说自己在隆中隐居时"苟全性命于乱世，不求闻达于诸侯"，但这只不过是隐居之人的托词而已，不可当真。实际上，他在隆中以大量时间博览群书，刻苦攻读，举凡诸子百家、三教九流之书，无不披览，即使是遗闻野史，亦时加留意。有一天，他读《晏子春秋》时，看到该书的《内篇谏下》第二十四章有一段"晏婴二桃杀三士"的记载，其大致内容如下：

公孙接（一作公孙捷）、田开疆、古冶子，三人均为齐景公所蓄养的勇士，屡建奇功。但因他们得罪了国相晏婴，晏婴便说他们勇而无文，不知君臣之义和尊卑之礼，在征得齐景公的同意后，设下计谋，诱使他们自杀。晏婴请齐景公赐三人二桃，让他们计功而食桃。公孙接说："我曾徒手搏杀猛虎，按功应食桃。"于是取一桃。田开疆说："我曾率兵抵御敌国，按功亦应食桃。"于是也取一桃。古冶子说："我陪主公过黄河时，大鼋将主公驾车之马衔入中流，我潜水急追，得鼋而杀之，左手抓住马尾，右手提着鼋头，鹤跃而出。如此之功，更应食桃。"说罢，拔剑而起，命公孙接和田开疆返还二桃。公孙接和田开疆认为自己的功劳不如古冶子，而取桃不让，实为贪心，贪而不死，实为无勇，于是返还二桃，自杀身亡。古冶子见二人皆死，自己独生，认为自己实为不仁不义之人，于是也自杀身亡。三人死后，齐景公以士礼将他们葬于齐都临淄东郊的荡阴里。

诸葛亮看到这段记载后，内心很不平静，于是写了

一首《梁父吟》以抒发自己的感情：

> 步出齐城门，遥望荡阴里。
>
> 里中有三墓，累累正相似。
>
> 问是谁家墓，田疆古冶子。
>
> 力能排南山，文能绝地纪。
>
> 一朝被谗言，二桃杀三士。
>
> 谁能为此谋，国相齐晏子。

诸葛亮此诗，歌颂了"三士"是文武兼备的难得人才，指明"三士"之死并非罪有应得，而是谗言所致，抒发了对齐相晏婴"二桃杀三士"这一做法的愤慨之情。《梁父吟》一作《梁甫吟》，《乐府诗集·梁甫吟题解》曰："梁甫，山名，在泰山下。《梁甫吟》，盖言人死葬此山，亦葬歌也。"并说远在诸葛亮之前，曾子已撰《梁甫吟》。据此，则诸葛亮此诗是沿用《梁父吟》旧题而拟作之诗歌。《三国志·诸葛亮传》说"亮躬耕陇亩，好为《梁父吟》"，可见他在隆中隐居时所作《梁父吟》颇多，但今存者仅此一首，收入宋人郭茂倩所编的《乐府诗集·相和歌辞十六·楚调曲上》中。虽然有人怀疑此诗非诸葛亮所作，但其论据尚不足以对诸葛亮的著作权予以否定。在诸葛亮那个时代，文人沿用乐府旧题所拟作之诗，与固有的乐府诗一样，也是能够和乐歌唱的，《梁父吟》亦不例外。据南齐王僧虔《技录》记载，演奏《梁父吟》所用乐器有笙、笛弄、节、琴、筝、琵琶、瑟七种，其

中执"节"者歌唱。若以材料构成而言，则七种乐器不外乎丝竹两大类。《梁父吟》之所以属于"相和歌辞"，正是取其丝竹相和之意。这样看来，诸葛亮的"好为《梁父吟》"，无论是指吟咏前人固有的《梁父吟》，还是指沿用《梁父吟》旧题而拟作新辞，都必然和音乐发生联系。也就是说，他在具有高超的歌辞创作技巧的同时，肯定还具有高超的歌唱技巧和演奏技巧。

诸葛亮在隆中阅读古书，并非为读书而读书，而是为了古为今用，从古人治国平天下的文韬武略中汲取经验，增长才干，为日后大干一番事业预做准备。正因为如此，所以他读古书，并不追求精熟烦琐无用的章句之学，而是博览群书，取其大旨。在众多的古人中，诸葛亮最崇拜的两个人是管仲和乐毅。管仲，名夷吾，字仲，亦称管敬仲，是春秋时期齐国的政治家。在齐国公子小白与公子纠争夺君位的斗争中，管仲曾支持公子纠，并射中小白带钩。后来小白即位，是为齐桓公，他不计前嫌，接受鲍叔牙的建议，重用管仲，任其为卿，尊称其为"仲父"。管仲亦尽心尽力地辅佐齐桓公，进行改革。在政治上，他推行国、野分治的参国伍鄙之制，即由君主和二世卿分管齐国，并在国中设立各级军事组织，规定士、农、工、商，各行其业。在经济上，他实行租税改革，并采取了若干有利于农业和手工业发展的政策。在国内政治形势得到稳定，经济形势大为好转的基础上，

管仲又建议齐桓公采取"尊王攘夷、争取与国"的方针，以建立霸业。所谓"尊王"，即尊崇周天子的权力；所谓"攘夷"，即抵御入侵华夏的夷敌；所谓"争取与国"，即运用各种手段争取中小诸侯国的支持。在管仲的辅佐下，齐国的国力大振，成为当时最强大的诸侯国；齐桓公本人也因之而成为春秋时期的第一位霸主，成就其霸业。

乐毅，战国时期人，初为赵将，沙丘之乱后离赵至魏。后闻燕昭王广聘天下贤士，立志报齐之仇，于是由魏至燕，被燕昭王待以客礼，任为亚卿。燕昭王欲出兵伐齐，乐毅认为齐乃霸国之余，不易独攻，于是亲自出使约赵，别遣使者约秦、楚、韩、魏等国共同伐齐。燕昭王二十八年（前284），燕以乐毅为上将军，赵惠文王又以相国印授之，乐毅遂率燕、赵、秦、楚、韩、魏六国之师以伐齐国。齐军大败，乐毅遣还诸国之军，独率燕军乘胜追击，攻破齐都临淄，下其七十余城，未下者仅莒、即墨二城而已。燕昭王亲至济上劳军，封乐毅于昌国，号昌国君。燕昭王死后，继位的燕惠王与乐毅有隙，派骑劫取代乐毅。乐毅惧诛，逃亡至赵，被赵王封于观津，终卒于赵。

诸葛亮之所以对管仲和乐毅最为崇拜，原因主要有两条。第一，就管仲和乐毅自身而言，他们一为贤相，一为名将，管仲辅佐齐桓公成就霸业，乐毅为燕昭王大破齐军，二人都建立了名垂青史的不朽功业，这确实令

诸葛亮敬佩。第二，就君臣关系而言，贤相名将，只有遇到明君，取得信任，才能大有作为；否则，仍将一事无成。而管仲之遇齐桓公，乐毅之遇燕昭王，可谓君臣际会，相得益彰。这种融洽无间的君臣关系，更令诸葛亮羡慕不已。诸葛亮决心以管仲和乐毅为榜样，干出一番惊天动地的大事业。他坚信自己具有管仲和乐毅那样出将入相、治国平天下的才能，也坚信在汉末军阀混战的乱世中总有一天会遇到像齐桓公和燕昭王那样的明君。基于这种想法，诸葛亮经常以管仲和乐毅自比。

诸葛亮自比于管仲和乐毅，当时并不被一般人所理解，他们认为诸葛亮只不过是大言欺世，妄自夸诩而已。只有诸葛亮的好友博陵崔州平、颍川徐庶等少数人能够理解他，认为他的才能在管仲、乐毅之上，将来的功业成就，也肯定会超过管仲、乐毅。

诸葛亮隐居隆中时所结识的友人，除崔州平和徐庶之外，还有颍川石韬（字广元）、汝南孟建（字公威）、襄阳庞统等人。他们年龄相仿，当时都是饱学有志的青年人，经常互相往来，邀集聚会，纵论天下大事，畅谈个人怀抱。有一次，诸葛亮抱膝长啸，对石广元、徐庶、孟公威说："卿等三人，将来仕进可至刺史、太守。"（原文见《三国志·诸葛亮传》裴松之注引《魏略》）石广元等三人问诸葛亮本人将来做官可至何职，诸葛亮笑而不答。这预示着他对自己的才能和前途充满信心，其雄心壮志，更在诸青年友人之上。

　　在当时与诸葛亮有交往的人士中，还有两位年长者：一位是襄阳庞德公，一位是颍川司马徽（字德操）。庞德公是当时著名的隐士，以知人著称，他与诸葛亮有亲戚关系，其子庞山民是诸葛亮的小姐夫。正因为有这层亲戚关系，所以诸葛亮经常到庞德公家拜访。而庞德公虽然早已了解诸葛亮的才能和人品，但为了进一步考验他，于是每当诸葛亮前来拜访时，庞德公都坐于床上受拜，并不急于让诸葛亮起身，诸葛亮便在床前久跪不起。久而久之，诸葛亮给庞德公留下了更为深刻的好印象。司马徽比庞德公小十岁，也善于知人，被庞德公称之为"水镜"。有一次，二人一起品评襄阳一带的几位年轻人，庞德公对司马徽说："诸葛亮为卧龙，庞统为凤雏。"（原文见《三国志·庞统传》裴松之注引《襄阳记》）所谓"卧龙"，是说诸葛亮如同一条暂时潜伏、尚未飞腾的巨龙；所谓"凤雏"，是说庞统如同一只羽翼渐丰、待时翱翔的凤凰。无论"卧龙"，还是"凤雏"，都是比喻诸葛亮和庞统是具有特殊才能的人，只是尚未遇到发挥其才能的机会而已。被庞德公比喻为"凤雏"的庞统，其实就是庞德公的侄子。庞统字士元，比诸葛亮大两岁，少时朴钝，未有识者。他二十岁时前去拜访司马徽，司马徽正在树上采桑，就让庞统坐在树下，两人共语，自昼至夜。司马徽甚异之，称赞他为南州士人之冠，庞统由

此而逐渐出名。正因为司马徽对诸葛亮和庞统都有全面
深刻的了解，所以他对庞德公将二人分别比喻为"卧龙"
和"凤雏"，深表赞同。

　　由于诸葛亮的才能人品，远近闻名，加之他身高八
尺，容貌甚伟，因此荆州一带的士人都想把女儿嫁给他。
但诸葛亮择偶，并不追求女方的相貌，而以德才兼备为
唯一标准。沔南名士黄承彦之女，黄发黑面，相貌奇丑，

孔明择偶　重在德才

但德才兼优，堪与诸葛亮匹配。黄承彦主动向诸葛亮提亲，诸葛亮痛快地答应，娶黄女为妻。时人以为笑乐，编为谣谚曰："莫作孔明择妇，正得阿承丑女。"（《三国志·诸葛亮传》裴松之注引《襄阳记》）对于人们的这些挖苦讽刺，诸葛亮夫妇不但毫不介意，反而更加相敬如宾，伉俪情深。

诸葛亮从建安二年（197）十七岁隐居隆中，至建安十二年（207）二十七岁龙动出山，整历十个春秋。其间，他一直观察研究天下的形势。而这十年天下的基本形势是：除了南方的几个大军阀外，北方群雄相继被曹操所消灭。曹操字孟德，沛国谯县人，在镇压黄巾起义军和讨伐董卓的过程中，逐渐集聚兵力。初平三年（192）领兖州牧，击败青州黄巾军，受降卒三十余万，男女百余万口，收其精锐者，号为青州兵，从此迅速强大，成为一路军阀。建安元年（196），曹操迎汉献帝迁都于许县（今河南许昌），被封为大将军，自此，他独揽朝廷大权，而献帝却如同傀儡，百官亦仅虚设员而已。曹操在与各军阀的斗争中实行两大政策，即一方面挟天子以令诸侯，用汉献帝的名义对不服从他的各路军阀发号施令，争取政治上的主动性；一方面耕种屯田，发展农业，恢复经济，积蓄军资。政治上的主动性，加上经济的逐渐恢复，使曹操具备了消灭各路军阀的实力。建安二年（197），曹操击败自称皇帝的袁术，使袁术于建

安四年（199）呕血而死。建安三年（198），曹操擒杀吕布。建安五年（200），曹操在官渡之战中以少胜多，击败当时最强大的军阀袁绍的主力，使袁绍于建安七年（202）惭愤而死。建安九年（204），曹操攻克邺城，次年攻杀袁绍长子袁谭，平冀州。建安十二年（207），曹操发兵远征，平定辽东、辽西、右北平三郡乌桓，并最后消灭逃至乌桓的袁绍次子袁熙和幼子袁尚等残余势力。总之，截止建安十二年（207），在曹操大军的进攻下，北方各大军阀已被消灭，曹操已大体统一平定了黄河流域。在曹操平定北方之后，南方尚有几个大军阀，他们是：割据江东的孙权，割据荆州的刘表，割据益州的刘璋，割据汉中的张鲁。由于曹操在建安十二年（207）之前以主要精力忙于平定北方，对南方诸军阀尚无暇顾及，因此，南方诸军阀与曹操之间并无大的战争。以上便是诸葛亮在隆中十年所一直观察研究的天下的基本形势。

　　在隆中隐居整十年的诸葛亮，对这十年间天下形势的变化了若指掌。但诸葛亮并不急于出山从政，他在耐心期待着能遇到像齐桓公和燕昭王那样的明君。而这位明君终于在建安十二年（207）冬天出现在诸葛亮的面前，他就是刘备。

二、辅佐刘备时期

（一）隆中对策　应邀出山

刘备字玄德，涿郡涿县人，是汉景帝之子中山靖王刘胜之后，为汉朝皇室疏宗。其祖父刘雄、父亲刘弘，世仕州郡。父亲刘弘还曾举孝廉，任东郡范县令。刘备少年丧父，与母亲以贩鞋织席为业。十五岁时，与同郡刘德然、辽西公孙瓒等人拜同郡大儒卢植为师。但刘备不太乐于读书，而喜欢狗马音乐，讲究衣着服饰。他身高七尺五寸，双臂修长，垂手可至膝部；两耳垂肩，回目可以自见。少言寡语，喜怒不形于色；待人谦恭宽厚，喜好结交豪侠，青年人都诚心归附他。中山国大商人张世平和苏双，贩马经常往来于涿郡，见刘备不同于一般人，便多方资助钱财，

刘备因此有了聚集徒众的资本。河东郡解县人关羽、涿郡人张飞，最早成为刘备的部属。黄巾起义爆发后，刘备率其徒众随校尉邹靖镇压黄巾有功，被授为安喜县尉。因与督邮发生冲突，遂弃官亡命。不久又随都尉毋丘毅镇压黄巾有功，被授为下密县丞，旋复弃官而去。后来又任高唐县尉、高唐县令。黄巾军攻破高唐后，刘备投奔中郎将公孙瓒。公孙瓒是刘备的老同学，表荐他为别部司马，使他与青州刺史田楷共拒冀州牧袁绍，因数战有功，试守平原县令，后领平原国相。汉献帝兴平元年（194）二月，曹操进攻徐州，徐州牧陶谦求救于青州刺史田楷，田楷带刘备共往徐州救援。刘备自有兵士数千人，陶谦又以丹阳兵四千归刘备统领，刘备遂脱离田楷而归附陶谦，被陶谦表荐为豫州刺史，驻屯小沛。此年十二月陶谦病故，徐州别驾麋竺遵陶谦之遗嘱，率州人共迎刘备，刘备遂领徐州牧。刘备在徐州与盘踞寿春的袁术相拒，结果被另一军阀吕布乘机击败，只得在建安元年（196）投奔曹操。曹操荐刘备为豫州牧，派他进攻吕布，结果又被吕布击败。建安三年（198），曹操亲自出兵协助刘备，擒杀吕布，刘备随曹操回到许都，被曹操表荐为左将军。建安四年（199）六月，穷途末路的袁术欲经徐州投奔袁绍，曹操派刘备前往拦击，刘备未至徐州，而袁术已病死。就在刘备到徐州后不久，他与汉献帝的岳父董承等人奉献帝密诏诛杀曹操的计谋泄露，刘备于是杀徐州刺史车胄，统众数万人，公开与曹操对抗。建安五年（200）正月，曹操发兵徐州，大破刘备，获其妻子及大将关羽，刘备只得投奔袁绍；四月，关羽为曹操斩杀袁绍的大将颜良，刘备心中不安；七月，汝南黄巾旧部刘辟等叛曹操而应袁绍，袁绍派刘备至汝南与刘辟合兵，攻城略地，结果被曹操大将曹仁击败。此时，关羽已从曹操处返回，原属公孙瓒的大将赵云也早已投奔刘备帐下，刘备从此想脱离袁绍。袁绍又派刘备领本部之兵到汝南与黄巾旧部龚都等合兵，曹操派蔡阳攻刘备，蔡阳被刘备所杀。建安六年（201）九月，曹操亲自率兵至汝南击败刘备和龚都，刘备只得投奔荆州牧刘表，刘表让他驻屯于荆州所辖之南阳郡的新野县。

刘表字景升，山阳高平人，为汉室疏宗。汉献帝初平元年（190）出任荆州刺史，得到当地名士大族的支持，平定长江中游的反抗力量，徙治襄阳（今湖北襄樊市），初平三年（192）迁为荆州牧。当时的荆州，辖有南阳、南郡、江夏、零陵、桂阳、武陵、长沙七郡（此据《后汉书·郡国志》，若据《汉官仪》，则多一章陵郡，共为八郡），据地数千里，带甲十余万，实力比较雄厚。而在军阀兼并中，因刘表采取保境自守、中立观望的方针政策，荆州遭战乱破坏较少，政局相对稳定，故天下士人归附者甚多。对于刘备的到来，刘表表现出极其复杂矛盾的心情。他和刘备都是皇室疏宗，有一定的宗亲

关系，而刘备又带有一定数量的兵马，对增强荆州的实力有利，况且善待刘备，还可收礼贤下士之虚名，从这些方面考虑，刘表是欢迎刘备的。但刘备素怀大志，深得人心，如在荆州久驻，则可能威胁刘表的政权，从这些方面考虑，刘表又怀疑刘备，对他不太放心。出于这种复杂矛盾的心情，刘表对刘备的基本态度是表面热情而暗中防范。对于刘表的这种态度，刘备并不介意，他只知一心一意地为刘表出力。但刘表采取的保境自守、中立观望的方针政策，却使刘备英雄无用武之地，只能无所事事，虚耗岁月，这是刘备最难以忍受的。有一次，刘备陪刘表闲坐，当他上厕所时突然发现自己髀肉复生，不觉慨然流涕。回座之后，刘表怪而问之，刘备说："我过去经常骑马征战，身不离鞍，髀肉皆消；现在不复骑马，长久安逸，无所作为，髀肉复生。日月如驰，而我老之将至，功业不建，因此悲伤。"（原文见《三国志·先主传》裴松之注引《九州春秋》）但刘表听了竟无动于衷。当建安十二年（207）曹操北征三郡乌桓时，刘备曾劝刘表乘机袭取许都，对这样的合理建议，刘表也不采纳。

刘备自镇压黄巾起义以来，先后依附公孙瓒、陶谦、曹操、袁绍，最后又依附刘表，这种漂泊不定、寄人篱下的经历，迫使他不得不吸取多年来的惨痛教训。这时，他认识到要干成一番大事业，不能再依附别人，必须要有自己的独立力量。而当时自己的集团中，虽有关羽、张飞、赵云等武将及麋竺、孙乾等文士，但真正能够安邦治国平天下的旷世奇才，尚无一人。于是，闲居荆州整六年的刘备，在建安十二年（207）加快了寻访人才的步伐。他慕名拜访善于知人的"水镜"司马徽，请求司马徽推荐人才。司马徽对刘备说："儒生俗士，岂识时务？识时务者在乎俊杰。此间自有伏龙、凤雏。"刘备问"伏龙""凤雏"为谁，司马徽答曰："诸葛孔明、庞士元也。"（《三国志·诸葛亮传》裴松之注引《襄阳记》）不久，徐庶主动到新野县见刘备，刘备很高兴，把徐庶留在身边，对他很器重。但徐庶并不以人才自居，也向刘备推荐诸葛亮说："诸葛孔明，是一条卧龙，将军难道不愿见他吗？"刘备见司马徽和徐庶先后向自己推荐诸葛亮，便对徐庶说："那您就和孔明先生都来我这里吧。"徐庶说："诸葛孔明这样难得的旷世之才，只能由将军前去见他，不能让他屈尊主动来见将军。将军应该枉驾前往隆中，亲自拜访他。"（原文见《三国志·诸葛亮传》）刘备本来认为徐庶已是难得的人才，现在听了徐庶对诸葛亮的高度评价赞许，方知诸葛亮之才，更在徐庶之上，于是决定亲自前往隆中拜访聘请诸葛亮出山相助。建安十二年（207）冬天，刘备冒着严寒，长途跋涉，接连两次由新野前往隆中，但都未见到诸葛亮本人。诸葛亮之所以接连两次不与刘备见面，并非不愿出山从政，而是

为了考验刘备是否真正具有招贤纳士的诚心。对于刘备的大名，诸葛亮早在兴平元年（194）十二月即有所闻。当时，徐州牧陶谦刚死，刘备被州人推为徐州牧。诸葛亮当时十四岁，刚与叔父诸葛玄离开家乡，而他的家乡"琅邪阳都"又隶属于徐州。所以，当时刘备实际是诸葛亮的父母官；而诸葛亮实际是刘备牧养的子民，他对刘备在徐州的美好声誉已有所闻。但是，诸葛亮从未见过刘备，他对刘备的一些印象全是来自传闻。现在刘备虽然接连两次到隆中拜访他，但他仍然怀疑刘备是否真有招贤纳士的诚心，故此避而不见。因为诸葛亮以管仲和乐毅自比，所以他心目中值得辅佐的人也必须是像齐桓公和燕昭王那样的礼贤下士、知人善任的明君。因此，诸葛亮耐心地等待着刘备第三次来访。刘备虽然两次造访隆中均未见到诸葛亮，但因他招贤纳士的心意十分真诚，所以毫不灰心丧气，紧接着前两次之后，又不辞劳苦，第三次前往隆中。诸葛亮终于被刘备三顾茅庐的诚心所感动，认定刘备是值得辅佐之人，于是热情地与他见面。刘备请诸葛亮屏退闲人，然后悄声对他说："汉室倾颓，奸臣董卓和曹操，先后专政，天子颠沛流离，蒙难受辱。我不自量力，想伸张大义于天下，但智术短浅，因此从起兵至今日，颠踬困顿，屡遭挫败。尽管如此，但我志犹未已，先生认为我以后该怎么办？"（原文见《三国志·诸葛亮传》）诸葛亮见刘备对自己如此信任，将平生秘而不宣的雄心大志和积郁多年的内心苦闷向自己和盘托出，于是深受感动，也毫不保留地向刘备谈了自己的见解。

三顾草庐　诚心所动

诸葛亮首先分析了天下的总体形势，他说：自董卓以来，军阀混战，豪杰并起，跨州连郡者不可胜数。经过多年的兼并，截至目前只剩下五大势力集团，这就是把持朝政的曹操、割据江东的孙权、割据荆州的刘表、割据益州的刘璋、割据汉中的张鲁。

在分析了天下的总体形势后，诸葛亮又对五大集团的具体形势分别进行了分析：

曹操比于袁绍，虽名微而众寡，但最终却消灭了袁绍，由弱变强，其原因不只是靠天时，还靠人的谋划。

现在曹操已拥百万之众，挟天子以令诸侯，既有强大的兵力作后盾，又用汉献帝的名义向割据者发号施令，取得政治上的主动权，成为实力最强大的一个军阀。因此，对于曹操，诸葛亮认为"诚不可与争锋"，即不能与曹操争胜。

孙权据有江东，已历三世，国险而民附，贤能为之用，是实力仅次于曹操的一个军阀。因此，对于孙权，诸葛亮认为"可以为援而不可图"，即可以把孙权作为外援，而不能打算消灭他。

刘表所割据的荆州，北据汉沔，利尽南海，东连吴会，西通巴蜀，地处天下之中心，战略位置非常重要，为历来兵家必争之地。但刘表素无大志，懦弱无能，幻想保境自守而最终必不能守。因此，诸葛亮说："此殆天所以资将军，将军岂有意乎？"意思是劝刘备首先夺取荆州，不要丧失天赐的良机。

刘璋所割据的益州，本来包括北部的汉中郡在内；张鲁本是刘璋的部属，后在汉中郡割据，遂成一独立军阀。所以诸葛亮将刘璋与张鲁放在一起分析说：益州地势险要，沃野千里，物产富饶，百姓殷实，素称天府之国，当年汉高祖曾发祥龙兴于此，终成帝业。但刘璋与张鲁却不知爱抚百姓，致使智能之士离心离德，思得明君而取代他们。诸葛亮的言外之意是，刘备若能在夺取荆州之后，进而夺取益州，则必然会受到益州士民的支持。

在对天下总体形势和五大集团具体形势进行分析的基础上，诸葛亮为刘备做出了成就霸业、复兴汉室的战略决策："跨有荆、益，保其岩阻，西和诸戎，南抚夷越，外结好孙权，内修政理；天下有变，则命一上将将荆州之军以向宛、洛，将军身率益州之众出于秦川，百姓孰敢不箪食壶浆以迎将军者乎？诚如是，则霸业可成，汉室可兴矣。"（均见《三国志·诸葛亮传》）

这实际是一个分两步实施的战略决策。

第一步：首先夺取刘表的荆州和刘璋的益州，派兵守住险要之处，以此两州作为创业的根据地。在此基础上，与西边的少数民族和睦相处，对南边的少数民族采取安抚政策，从而确保西南两边形势的稳定；对外，与孙权结成抗拒曹操的联盟；对内，整顿改进政治。第一步是为了达到阶段性目的，就是使刘备取得荆益二州作为创业基地，成就霸业，形成与孙权、曹操鼎足而立的局面，为日后复兴汉室、统一天下打好基础。

第二步：一旦天下形势有变，就从两路出兵北伐。东面一路从荆州出发，由一员上将率领，直趋宛（今河南南阳）、洛（今河南洛阳），夺取中原。西面一路从益州出发，由刘备亲自率领，翻越秦岭，夺取关中。第二步是为了达到最终目的，就是使刘备得以复兴汉室、统一天下。

诸葛亮为刘备所做的这个战略决策，可以概括为四句话：跨有荆益，联孙抗曹，待机北伐，复兴汉室。

在古代，臣民应皇帝之诏而对答皇帝有关政治、经义等方面的策问，称为"对策"。因刘备与诸葛亮后来成为君臣关系，所以诸葛亮在隆中对答刘备提问的这篇谈话，便被人们称为"隆中对策"，简称为"隆中对"。又因诸葛亮是在隆中的草庐中对答刘备提问的，所以这篇谈话也被人们称为"草庐对策"，简称为"草庐对"。

诸葛亮在"隆中对策"中对天下形势的分析和所做的战略决策，表现了他统观全局、预测未来的伟大政治才能（当然，其战略决策也有失误，详见后文）。他如同一位总设计师，为刘备描绘出了构建政权大厦的总体蓝图和具体的实施步骤。而对闯荡半生、漂泊不定、到处寄人篱下而至今一事无成的刘备来说，"隆中对策"使他茅塞顿开，不但明确了总体的奋斗目标，而且明确了具体的方针政策。因此，刘备听了诸葛亮的一番谈话后，连声称好，并诚恳邀请他出山辅佐。而诸葛亮也认定刘备是值得辅佐的"明君"，决心出山帮他干一番惊天动地的大事业。于是，在建安十二年（207）的深冬，四十七岁的刘备经过三顾茅庐，终于将二十七岁的诸葛亮请出隆中，一起回到新野县。

隆中对策　应邀出山

（二）扩兵安琦　奉使柴桑

　　诸葛亮来到新野后，刘备对他敬若师长，两人形影不离，情好日密。但关羽、张飞却心中不快，经常流露出不满的言辞。关羽和张飞都是刘备最早的部属，自随刘备镇压黄巾起义开始，二十多年来立过无数战功，平时护卫刘备，更是不避艰险。他们与刘备并非一般关系，三人寝则同床，恩若兄弟。正因为关羽、张飞数立战功，又与刘备恩若兄弟，加之他们的年龄都远远大于诸葛亮，所以两人对诸葛亮这个未立战功却深受刘备敬重的年轻书生，颇不以为然。针对关羽和张飞的不满情绪，刘备

解释说："我有了孔明，如同鱼有了水，请你们以后不要再乱说。"（原文见《三国志·诸葛亮传》）刘备把自己比作鱼，把诸葛亮比作水，而鱼是不可须臾离开水的，否则便无法生存。刘备这个比喻的言外之意是，诸葛亮对自己事业的成功至关重要，如果没有诸葛亮，自己将一事无成。经过刘备这么一解释，关羽和张飞也就不再说什么了。

　　诸葛亮随刘备到新野的时间是建安十二年（207）深冬，转眼之间，冬去春来，已到了建安十三年（208）。此时曹操已平定了北方，诸葛亮断定他不久将南下进攻荆州。刘备驻屯的新野县，是荆州所辖的最北边的南阳郡的一个小县，必定会首当其冲，而刘备当时却只有数千人，兵力甚微。诸葛亮劝刘备扩充兵力，但刘备觉得有两大难题：一是他当时正依附刘表，在名义上是刘表的部下，如果私自扩兵，必定会引起刘表的猜疑。二是兵源奇缺，此为更大的难题。荆州本为大州，据《后汉书·郡国志》载，汉顺帝永和五年（140）时，荆州七郡共一百三十九万九千三百九十四户，六百二十六万五千九百五十二人。汉末虽有战乱，但荆州所遭破坏较少，至建安十三年（208）时，人口当不会少于此数，可能还有增加。但是，由于当地的豪族富户大肆兼并土地，又把失掉土地后为求生存而流落四方的农民招为"荫户"，而这些"荫户"都未在官府登记户口，成为逃役逃赋的

"游户"，因此从户籍上看，荆州人口并不多，兵源自然也就大成问题了。为了解决这两大难题，诸葛亮想出了"游户自实"的办法，对刘备说："可向刘表建议，令荆州所有游户都必须到官府如实自报户口，用以增加兵源。"（原文见《三国志·诸葛亮传》裴松之注引《魏略》）这个办法的高明处在于：因为"游户自实"的命令并非由刘备下达，而是先由刘备向刘表建议，然后由刘表亲自下达，所以，它既可解决刘备扩兵的兵源问题，也可使刘备免去私自扩兵的嫌疑。刘备按诸葛亮的办法去做，果然很快扩充了兵力，使实力较前大为增强。

诸葛亮在新野时还为刘表的儿子刘琦出过一次主意，不但使刘琦转危为安，而且预先为刘备留下一支兵力。刘表有两个儿子：长子刘琦，是前妻所生；次子刘琮，是后妻蔡氏所生。刘表开始时因刘琦相貌与自己相似，为人又颇孝顺，所以对他甚为喜欢。但蔡氏与其弟蔡瑁以及刘表的外甥张允等人均得幸于刘表，他们经常在刘表面前说刘琦的坏话而赞誉刘琮，刘表是个没有主见的人，久而久之，便又爱刘琮而恶刘琦。刘琦心中恐惧，坐卧不宁，他向来敬重诸葛亮，便多次请诸葛亮为他谋划"自安之术"。但诸葛亮觉得这是他们父子兄弟之间的家事，别人不便插手，所以总是婉言谢绝，敷衍搪塞。一次，刘琦请诸葛亮游览后园，共上高楼，饮宴之间，令人撤去楼梯，向诸葛亮恳求道："今日上不至天，下不

至地,言出子口,入于吾耳,可以言未?"诸葛亮本来还是不想插手此事,但因楼梯已被撤去,无法离开,而刘琦又苦苦哀求,所以便只说了两句话:"君不见申生在内而危,重耳在外而安乎?"(《三国志·诸葛亮传》)这里所说的申生和重耳,都是春秋时期晋献公的儿子,二人皆有贤行。申生的母亲齐姜是齐桓公之女,为晋献公正妻,早死,申生以嫡子被立为太子。后来晋献公所宠幸的骊姬生了儿子奚齐,她想改立奚齐为太子,便设法陷害太子申生和公子重耳。晋献公二十一年(前 656),骊姬欺骗申生,说她梦见了齐姜,让申生速去齐姜庙中祭祀,并在祭祀结束后将祭祀所用之肉献给晋献公。申生遵命而行。当时晋献公出猎未归,申生所献祭肉置于宫中,骊姬便在肉中下了毒药。晋献公回宫后发现肉中有毒,骊姬便诬称申生下毒,想毒死献公。献公大怒,要杀申生。有人劝申生向献公解释,申生认为如果解释清楚了,献公必然会杀骊姬;而献公年事已高,如果骊姬被杀,他又会寝食不安,于是不愿解释。又有人劝申生出奔别国,申生也不同意,最后自杀身亡。申生自杀后,骊姬又陷害重耳,诬称申生在肉中下毒之事,重耳知道。重耳恐惧,立即逃出晋国,在外辗转流亡十九年,最后由秦穆公送回晋国即位,是为晋文公,后来成为春秋五霸之一。诸葛亮对刘琦说的两句话,实为以古喻今。他既不公开涉及刘琦的家事,又明确地暗示刘琦不要像申

生那样留在州城内等死,应该像重耳那样离开州城,只有如此,方能转危为安。刘琦很明白诸葛亮的暗示,于是想找机会离开刘表等人。恰在此时,刘表的江夏郡太守黄祖被孙权攻杀,刘琦乘机请求出镇江夏郡。刘表同意,派他出任江夏郡太守,前往治所夏口(今湖北武汉)上任。刘琦从此化险为夷,转危为安。在刘表集团中,刘表和刘琮对刘备始终不太信任,蔡氏和蔡瑁、张允等人还经常想暗算刘备,只有刘琦与刘备相处甚好。诸葛亮暗示刘琦离开州城,不但使刘琦得以出任江夏郡太守,脱离险境,而且刘琦在江夏所率领的一支兵力,后来还为刘备派上了用场。

建安十三年(208)七月,曹操率大军开始进攻荆州,而刘备此前已由新野移驻樊城。八月,刘表病死,蔡瑁和张允等人立刘琮为荆州牧,屯兵襄阳。刘琦由夏口来襄阳奔丧,受到刘琮的冷遇,又听说曹操大军将至,旋复南返。九月,曹操大军到达新野,刘琮背着刘备派人向曹操投降。驻屯樊城的刘备本不知曹军猝至和刘琮投降之事,当他得知这一消息时,曹军已经逼近,于是急忙率众撤离樊城。

樊城离刘琮驻屯的襄阳很近。刘备经过襄阳时,诸葛亮建议他乘机进攻刘琮,夺取荆州。但刘备素来仁慈,很讲信义,他觉得刘表对自己虽然不太信任,但毕竟容留自己在荆州驻屯了整七年(刘备建安六年九月投奔刘

表），何况自己与刘表同为汉室疏宗，如果在刘表去世后进攻刘琮，夺取荆州，便会留下骂名，因此没有采纳诸葛亮的建议。刘备在襄阳城下驻马呼叫刘琮，想和他见上一面。刘琮不敢出见刘备，而荆州士民不愿随刘琮投降曹操，他们素闻刘备仁慈信义，多归附于刘备。刘备在襄阳城外祭拜刘表的坟墓后，率众继续南撤，到达南郡所辖之当阳县时，所率兵士及追随而来的士民，已达十余万人，还有辎重数千辆，行动颇慢，每日只走十余里。有人劝刘备舍弃士民，急速退守江陵，刘备不忍，只派关羽率船数百艘提前出发，约定在江陵会合。

退守夏口　力主联盟

　　江陵是南郡治所，地处冲要，军资殷实，向为荆州重镇。曹操怕刘备先据江陵，于是丢弃辎重，亲率精骑五千，兼程急进，一昼夜行军三百余里，终于在当阳县之长坂，追上刘备。刘备所率十余万众被曹军冲散，已无法前往江陵，他只得与诸葛亮、张飞、赵云等数十骑携家眷改道斜趋汉津，恰好与关羽所率水军会合，得以渡过沔水，而江夏郡太守刘琦又率兵万人前来接应，于是同至夏口立足。刘备从樊城南撤时，徐庶一直跟随，及至当阳县，徐母被曹操俘获，徐庶方寸已乱，遂向刘备和诸葛亮告辞，投奔曹操，后来在魏仕至右中郎将、御史中丞。

刘备退至夏口后，曹操夺取了江陵，即将顺江东下，形势非常危急。诸葛亮对刘备说："形势很危急了，请让我奉命向孙权求救。"（原文见《三国志·诸葛亮传》）而在此之前，孙权的部属鲁肃就建议孙权与刘备联合，孙权便派鲁肃借着吊唁刘表之机劝说刘备和诸葛亮。鲁肃在当阳长坂遇到正在南逃的刘备和诸葛亮，得知刘琮已投降曹操，便不再北行，而向刘备和诸葛亮陈述了孙刘联盟的想法。鲁肃又特别对诸葛亮说："我是诸葛瑾的友人。"（原文见《三国志·鲁肃传》）诸葛瑾自兴平二年（195）离开家乡后，到江东自谋出路。建安五年（200）被孙权的姐夫弘咨推荐给刚刚袭位的孙权，与鲁肃等人并见宾待，后为孙权长史，转为中司马。诸葛亮见鲁肃是自己兄长的朋友，在孙刘联合抗曹的问题上又与自己意见一致，即与鲁肃定交，成为好友。刘备见诸葛亮和鲁肃都主张孙刘联合，共抗曹操，心中非常高兴，便派

诸葛亮随鲁肃一同到柴桑（今江西九江）去见孙权，共商孙刘联盟之事。

（三）联孙破曹　奠基三分

孙权字仲谋，吴郡富春县人，其父孙坚、其兄孙策，都是割据江东的军阀。建安五年（200）孙策死后，孙权继统江东之众，至建安十三年（208）时，已形成实力仅次于曹操的一大势力集团。当曹操欲从江陵顺江东下时，孙权正拥军柴桑，观望成败。他虽然在此前派鲁肃去联合刘备，共拒曹操，但因其集团内部除了鲁肃、周瑜等人主张抗击曹操外，老臣张昭等一大批人都主张投降曹操，加之曹操又写信对他加以威胁利诱，所以，他当时在抗曹还是降曹的问题上，态度暧昧，举棋不定。

针对孙权的这种思想状况，诸葛亮到柴桑后，采取了相应的游说策略。他一开始并没有从正面劝说孙权，而是采取激将法，对孙权说了三层意思：首先说在天下大乱之际，孙权据有江东，刘备聚众汉南，都想和曹操争夺天下，但曹操削平北方，又破荆州，威震四海，实力强大。其次说刘备虽然兵败，退至夏口，但总算和曹操打了一仗，现在只不过是英雄无用武之地而已。最后说孙权应该量力而行，如果能与曹操抗衡，就应及早与他断绝关系，决一死战；如果不能抵抗曹操，就应及早向他投降，北面称臣。而孙权现在表面上服从曹操，内心却在抵抗与投降之间犹豫不决，如此优柔寡断，大祸将要临头了。

孙权见诸葛亮让他投降曹操，心想：刘备向无立足之地，近日又被曹操打败，已到了穷途末路的地步，尚且没有投降；而自己继承父兄之业，统有全吴之地和十万之众，怎能轻易投降曹操。于是反问诸葛亮道："若真像你所说，那刘备何不投降曹操？"（原文见《三国志·诸葛亮传》）

诸葛亮正是等着孙权问这句话的，于是进一步激孙权说，昔日田横不过是齐国一个壮士，尚且守义不降；刘豫州乃汉室后裔，天下归心，如果功业不成，也只不过是天意而已，怎能向曹操俯首称臣！诸葛亮所说的田横，是秦末汉初人，本为齐国贵族。刘邦和项羽争夺天下时，田横起兵于齐，曾烹死刘邦的使者郦食其，后又自立为齐王。汉朝建立后，田横率其徒属五百人逃入海岛。汉高祖刘邦命田横到洛阳见驾，他被迫前往，但终因不愿称臣于汉，便在洛阳郊外自杀。留居海岛的五百徒属，听说田横自杀，亦皆自杀。诸葛亮提出田横之事，主要是为了说明刘备绝不会投降曹操，以进一步激怒孙权。

孙权果然被诸葛亮激得勃然大怒，认为自己以全吴之地和十万之众，绝不能受制于曹操，于是下了联合刘备、共抗曹军的决心。但孙权又认为刘备新遭惨败，全

军覆没，根本无力抵抗曹操，于是又向诸葛亮提出关于刘备兵力及能否战胜曹操的疑虑。

火烧赤壁　大破曹军

诸葛亮见孙权已下了与刘备联合抗曹的决心，只是对刘备的兵力及能否战胜曹操有疑虑，于是不再激他，而从正面作了三层分析：首先，诸葛亮说刘备虽然兵败长坂，但并未全军覆没，仍有关羽和刘琦所率精兵共两万人，力量不可低估。其次，诸葛亮说曹操虽然貌似强大，但有三个不利因素：一是远道而来，长途征战，昼夜兼程，士卒疲劳，已成强弩之末，犯了兵家之大忌；二是曹军多为北方之人，不习水战；三是荆州之民虽然暂时归附曹操，但不过是迫于曹军的威势而已，并非心悦诚服。最后，诸葛亮说只要孙权和刘备同心协力，联合抗曹，就一定可以战胜曹操。曹操兵败后，必然退回北方，这样，孙权和刘备的力量就会增强，与曹操形成三足鼎立之势。

至此，孙权对诸葛亮的分析心悦诚服，疑虑全消，坚定了战胜曹操的信心。但老臣张昭等人仍主张降曹，孙权气得拔刀砍向奏案，愤怒地说："诸将吏敢有再说投降曹操者，与此案相同。"（原文见《三国志·周瑜传》裴松之注引《江表传》）张昭等投降派从此噤若寒蝉，不再作声。

孙权见诸葛亮对天下大势了如指掌，对形势的分析精辟透彻，因此很羡慕诸葛亮的才能，便建议他留在江东。诸葛亮是讲究信义之人，他既已委身刘备，便决心终生辅佐，矢志不渝，尽管当时刘备处境艰难，而孙权又许以高官厚禄，但诸葛亮却丝毫不为所动。孙权见自己不能留住诸葛亮，便想请诸葛瑾以兄长的身份挽留诸葛亮，并说诸葛亮如果留下，他可以向刘备写信解释。但诸葛瑾十分了解弟弟的人品和个性，知道挽留不住，便向孙权解释道："诸葛亮既已委身刘备，名分已定，则肯定不会再有二心。他不会留在江东，如同我不会去投靠刘备一样。"（原文见《三国志·诸葛瑾传》裴松之注引《江表传》）孙权见诸葛瑾说得有理，便只好作罢。

孙权派周瑜、程普、鲁肃等率水军三万，随诸葛亮前往夏口，与刘备会合，共同抗击曹操。孙刘联军溯江西上，与顺流东下的曹军在赤壁（说法不一，一般认为在今湖北蒲圻县西北之长江南岸）相遇。曹军初战不利，退至长江北岸之乌林，与驻在南岸的孙刘联军隔江对峙。东吴大将黄盖建议火攻曹军，周瑜便派黄盖诈降曹操。黄盖乘曹操骄傲轻敌和相信诈降之机，火烧曹军战船，

并延及岸上营垒。曹军人马或被火烧，或溺水而死，伤亡惨重。孙刘联军乘胜追击，大破曹军，曹操率残部北返。这就是发生在建安十三年（208）冬天的以少胜多、以弱胜强的赤壁之战。

赤壁之战后，刘备表请刘琦为荆州刺史，因为从名义上讲，荆州原为刘表地盘，现在理应由其子刘琦来统领。但实际上，在赤壁之战后，荆州诸郡已被刘备、孙权、曹操三家所分占：刘备夺得荆州南部的武陵、长沙、桂阳、零陵四郡；孙权夺得荆州东部的江夏郡和中西部的南郡之大部；而南郡的襄阳县以北及荆州最北部的南阳郡，仍被曹操所控制。

刘备在其所控制的荆州四郡各设太守。以诸葛亮为军师中郎将，让他总督零陵、桂阳、长沙三郡，调其赋税，以充军资；刘备本人则立营于武陵郡之孱陵县。

诸葛亮总督零陵、桂阳、长沙三郡时，不但征调赋税，以充军资，而且结识了刘巴。刘巴字子初，零陵烝阳人，少即知名，荆州牧刘表接连征辟，并举其为茂才，巴皆不就。曹操进攻荆州时，荆州人士均随刘备南奔，而刘巴却北上投奔了曹操。曹操辟其为掾吏，派他到零陵、桂阳、长沙三郡劝降。当刘巴到达三郡时，赤壁之战已结束，三郡被刘备夺取，由诸葛亮督理。刘巴无法由荆州北返向曹操复命，便打算南下交趾，再绕道益州而北上，并把自己的想法写信告知诸葛亮。诸葛亮当时驻于零陵郡之临烝（今湖南衡阳县），他认为刘巴是个难得的人才，想让他归顺刘备，便不辞劳苦地追上刘巴，对他进行劝说。但刘巴没有接受诸葛亮的劝告，仍按原计划前往交趾，并更姓为张，潜至益州，结果被益州牧刘璋的部下拘留。因刘巴的父亲刘祥与刘璋的父亲刘焉原有交谊，故在刘璋的挽留下，刘巴便留在益州。后来刘备夺取益州，刘巴最终还是归顺了刘备，并成为刘备的重要辅臣。

建安十四年（209）十二月，荆州刺史刘琦病故，群下推刘备为荆州牧。这是刘备一生中第一次担任有实权的州牧，他将自己立营的武陵郡孱陵县改名为"公安"，作为在荆州的基地。与此同时，孙权为了继续维护孙刘联盟，把妹妹嫁给刘备为妻。

建安十五年（210）冬，刘备因原来刘表的故吏多归附于自己，而武陵、长沙、桂阳、零陵四郡，地少不足以容其众，所以想亲自前往京口面见孙权，求借孙权所占领的南郡。行前，诸葛亮从刘备的安全考虑，极力劝阻，但刘备不听，还是去了。当时周瑜为南郡太守，他听说刘备想借南郡，不但极力反对，而且给孙权上书，建议把刘备软禁在江东，为其盛筑宫室，多给美女玩好，以娱其耳目，割断刘备与诸葛亮、关羽、张飞等人的联系。幸亏因为孙权当时考虑到曹操尚在北方，不愿立即破坏孙刘联盟，而且认为即使软禁刘备，最终也难以制

约，所以虽然没有借南郡给刘备，但还是放他返回公安。刘备返回公安后，才知道周瑜有扣留自己的打算，又回想起自己临去京口前，诸葛亮之所以极力劝阻，也是因为对周瑜的打算早已料到，于是对诸葛亮的先见之明，感叹不已。

不久，周瑜病故，程普继任南郡太守。鲁肃为奋武校尉，接替周瑜领兵，他劝孙权把南郡借给刘备，两家共拒曹操。孙权答应，乃让出南郡，徙程普为江夏太守，让鲁肃屯兵陆口（今湖北嘉鱼县西南）。至此，在荆州七郡中，除了曹操所占的南阳郡和孙权所占的江夏郡之外，其余五郡均为刘备所有。

刘备在占有荆州五郡之后，继续招贤纳士。在此之前，他已新收了黄忠、魏延两员武将；而此时又有一位著名文士前来投奔，这就是被庞德公和司马徽称为"凤雏"的庞统。刘备未与庞统深谈，就把他安排在桂阳郡的耒阳县任县令。但庞统担任县令的政绩竟然很差，不久便被刘备免官。远在陆口的鲁肃得知后，便给刘备写信，说庞统本非县令之才，只有让他担任治中、别驾之类的高级职务，才能展其所长。诸葛亮也向刘备谈了与鲁肃相类似的看法。刘备见诸葛亮和鲁肃都极力称赞庞统，便和庞统深谈了一次，结果发现他确实是名不虚传的大才，于是深为器重，以他为治中从事，不久又与诸葛亮并为军师中郎将。

诸葛亮从建安十二年（207）冬天应刘备之请而出山，至建安十五年（210）冬天帮刘备取得荆州五郡，用整三年的时间基本解决了刘备立足荆州的问题，为后来的三国鼎立奠定了基础。这一成就的取得，最主要的原因是当时孙刘两家都有互相联合、共同抗曹的诚心。而诸葛亮和鲁肃，则是促成两方联合的功臣。在刘备一方，由于诸葛亮在"隆中对策"中就提出对孙权"可以为援而不可图"，主张把"外结好孙权"作为长远的基本政策，

孙刘联盟　占有荆州

因此，他们始终是诚心诚意维护孙刘联盟的。在孙权一方，由于在赤壁之战中必须借助刘备的力量共同抗曹，在战后最初几年里为了集中力量加强东线的巢湖、濡须口一带的防务，也必须继续借助刘备的力量在西线的荆州一带牵制曹操，加之鲁肃的极力促成，因此，孙权对孙刘联盟，在当时特定的历史条件下也是有诚心的。正是因为这种特定历史条件的制约，所以孙权虽然在赤壁之战中出力大于刘备而所得实际利益小于刘备，但他仍能暂时对刘备予以忍让，使刘备暂时在荆州立足。

诸葛亮在"隆中对策"中所作战略决策的第一句话就是"跨有荆益"。现在刘备既已取得荆州，接下来自然就是夺取益州了。

（四）留镇荆州　维护联盟

东汉末期的益州，辖有汉中、巴郡、广汉、蜀郡、犍为、牂牁、越巂、益州、永昌九郡，以及分别由广汉、蜀郡、犍为三个边郡分出的与郡平级的广汉属国、蜀郡属国、犍为属国，共计十二个郡级区划。其辖地以现在的四川省为中心，北面包括陕西省的汉中地区，南面包括云南、贵州一带。

自汉灵帝中平五年（188）起，刘焉为益州牧。刘焉字君郎，江夏竟陵人，汉景帝的儿子鲁恭王刘余之后，为汉朝皇室疏宗。刘焉为益州牧时，欲立刑威以自尊大，乃借它事，杀益州豪强十余人，士民皆怨，这就产生了当地人与刘焉之间的矛盾。当时南阳、三辅之民流寓益州者数万户，刘焉悉收以为众，名曰"东州兵"，而东州人经常侵暴益州百姓，这又产生了当地人与东州人之间的矛盾。汉献帝兴平元年（194）刘焉病故，益州大吏赵韪等人因刘焉的儿子刘璋懦弱无能，便故意立刘璋为益州牧，以便操纵。建安五年（200），赵韪见人心不安，乃阴结州中大姓起兵反刘璋，蜀郡、广汉、犍为诸郡皆起而响应。东州人害怕被杀，乃同心协力，为刘璋死战，杀死赵韪，平息叛乱。叛乱虽平，但益州当地人与外来的东州人及刘璋之间的矛盾却更加尖锐了。

除以上矛盾外，还有刘璋与割据汉中郡的张鲁之间的矛盾。张鲁字公祺，沛国丰县人。其祖张陵（即张道陵），客居蜀中鹄鸣山（一作鹤鸣山）修道，作道书以惑百姓，入道者须出五斗米，故世称"米贼"，又称其道为"五斗米道"。张陵死后，其子张衡行其道。张衡死后，其子张鲁复行之。张鲁的母亲颇有姿色，亦兼挟鬼道，经常出入益州牧刘焉家，刘焉便以张鲁为督义司马，派他与别部司马张修将兵袭汉中郡太守苏固。张鲁袭杀苏固后，又杀张修而夺其众。刘焉死后，刘璋为益州牧，因张鲁不顺从，便杀张鲁之母及其弟，张鲁遂与刘璋成为仇敌，公开割据汉中郡。

诸葛亮当年在"隆中对策"时曾说，益州地势险要，

沃野千里，乃天府之国，汉高祖因之以成帝业，但刘璋暗弱，张鲁在北，民殷国富而不知安抚体恤，智能之士思得明君。果然不出诸葛亮所料，到了建安十六年（211）冬，刘璋集团的"智能之士"们竟主动来荆州邀请刘备这位"明君"，给刘备夺取益州创造了一个绝好的机会。

原来，刘璋的军议校尉法正，不被刘璋重用，心中怏怏不乐。益州别驾张松，与法正友善，心想跟随刘璋不会有什么作为，也时常暗自叹息，便劝刘璋与曹操断绝关系而与刘备结交。刘璋问张松，可派谁前往荆州与刘备联系，张松便推荐法正。法正本来很想前往，但怕引起刘璋的怀疑，便故意推辞，最后还是装作不得已而前往荆州。法正从荆州返回后，向张松称赞刘备有雄才大略，两人便密谋拥戴刘备为益州之主，只是一时尚找不到机会。恰在此时，刘璋听说曹操将派钟繇率兵前往汉中讨伐张鲁，害怕威胁到蜀境的安全，心中非常恐惧。张松乘机向刘璋建议道："刘备与主公同为汉室宗亲，是曹操的仇人，又善于用兵，若请他入蜀讨伐张鲁，则张鲁必败。张鲁败后，益州力量必然增强，即使曹操来攻，也无能为力了。"（原文见《三国志·先主传》）刘璋同意，便派法正与孟达率四千人第二次前往荆州，迎刘备入益州。

但刘璋的部属中，也有反对迎刘备入益州者。主簿黄权，苦苦劝谏，认为一国不容二主，如迎刘备入益州，则刘璋将有累卵之危。但刘璋不但不听劝谏，反而把黄权贬出州城，让他去任广汉长。从事王累，甚至把自己倒悬于城门，以死相谏，刘璋也不理睬。

法正到荆州后，暗中向刘备献策说："以将军之英才，乘刘璋之懦弱，张松是益州的股肱之才，在内部响应，然后将军凭借益州的殷富和险阻以成大业，易如反掌。"（原文见《三国志·法正传》）刘备见法正劝自己以张松为内应，乘机夺取益州，他一开始心想，自己向来以宽仁忠厚待人，怎能行此丧失信义之事，因此犹豫不决。后经庞统再三劝说，方才同意。

建安十六年（211）冬，刘备留诸葛亮、关羽、张飞、赵云、孟达等镇守荆州，自己与庞统、黄忠、魏延等率兵数万随法正前往益州。刘备的大军到达巴郡治所江州县（今重庆市）时，刘璋的巴郡太守严颜拊心长叹，认为刘璋请刘备入益州，犹如独坐穷山而放虎自卫。刘备的大军由江州县北上到达广汉郡所辖之涪县（今四川绵阳东）时，刘璋亲自由成都前来迎接。张松让法正告诉刘备，可利用与刘璋会面之机而袭之，刘备认为此乃大事，不可仓促行之。庞统也建议刘备利用会面之机捉拿刘璋，刘备以为初入他国，恩信未著，不可为之。刘备与刘璋在涪县欢饮百余日之后，刘璋为刘备补充兵力，厚加资给，让刘备前往广汉郡所辖之葭萌县（今四川广元西南）进攻张鲁。

在葭萌县附近，还有广汉郡所辖之白水县，县内白水关驻有杨怀、高沛所率之军，刘璋令他们也统归刘备督领。作完这些安排后，刘璋便返回成都。葭萌县紧临张鲁所割据的汉中郡，但刘备到葭萌县后，却不进攻张鲁，而是厚树恩德，以收众心，为进攻成都作准备。

建安十七年（212）十二月，庞统见刘备久驻葭萌县而不立即进攻成都，怕迁延时日，会出意外，便向刘备献计三条，请他挑选：暗选精兵，昼夜兼程，直袭成都，刘璋无能，又无准备，大军猝至，一举可定，此为"上计"。假称荆州事急，欲还救援，杨怀、高沛，必来送行，乘机捉拿，夺取其众，再向成都，此为"中计"。返回荆州，徐图进取，此为"下计"。刘备反复考虑后，同意"中计"。恰在此时，曹操进攻孙权，孙权请刘备回荆州自救，用以牵制曹军。刘备乘机假装回救荆州，请刘璋借兵万人并资助粮秣。刘璋只答应借兵四千，粮秣减半，刘备便以此为借口而激怒其众，造成对刘璋的不满。与此同时，张松暗通刘备之事被其兄广汉郡太守张肃告发，刘璋收斩张松，并敕令诸关守将，不得与刘备勾结串通。此时，刘璋才知道刘备是为夺取益州而来，二人的矛盾公开化了。刘备大怒，召白水关守将杨怀、高沛，责以无礼而斩之，并夺取其众，南下占领了涪县。

建安十八年（213）夏，刘备击败刘璝、冷包、张任、邓贤、吴懿等军后，又南下进攻绵竹县（今四川绵竹）。刘璋派拥军李严和女婿费观至绵竹统督诸军，而李严、费观降于刘备。刘备占领绵竹后，军势更盛，分遣诸将讨平各县，刘璝、张任等退守雒县（今四川广汉北）。由于雒县是广汉郡治所，守兵原本较多，由刘璋之子刘循统领，加之各处败兵又退守于此，兵力骤增，因此遏制了刘备的攻势。刘备包围雒县，虽然杀死守将张任，但城池却久攻不下，直至建安十九年（214）夏，整整一年时间，战事一直处于胶着僵持状态。

自建安十六年（211）冬刘备应刘璋之请而随法正入蜀，到建安十九年（214）久围雒县而不下，这几年的时间里，留镇荆州的诸葛亮做了一些什么事情呢？我查遍史书，只在《三国志·廖立传》中找到一处记载，意思是说诸葛亮镇守荆州时，孙权派使者向诸葛亮通好，顺便问及为刘备出谋划策的人都有谁，诸葛亮答道："庞统、廖立，是南方的优秀人才，他们都是帮助复兴汉室的人。"虽然只有这一处记载，但提供的信息却非常重要，即在这几年里，诸葛亮一直与孙权和睦相处，维护着孙刘联盟，出色地完成了镇守荆州的重要任务。诸葛亮是一直主张孙刘联盟的，但孙权的联合刘备，却是权宜之计。在特定的历史条件下，孙权可以维护孙刘联盟，但随着情况的发展和条件的变化，他肯定要破坏这个联盟。一个明显的事例是，建安十六年（211）冬刘备刚一离开荆州，前往益州，孙权便派船迎妹东归。其妹想把

刘备五岁的儿子刘禅带至江东，幸亏赵云和张飞勒兵截江，才将刘禅夺回。迎妹东归，实际是孙权准备破坏孙刘联盟的一个信号。带刘禅至江东，实际是为了以其当人质，作为以后要挟刘备、讨价还价的砝码。因此，诸葛亮要想守住荆州，就必须和孙权搞好关系。尽管这个任务很艰巨，但诸葛亮却完成得相当出色。诸葛亮镇守荆州，日理万机，军务政务肯定每天都有，但如果不是重大事件，史书是不会记载的。即使有文字记载的事，只要未提到诸葛亮，就不能妄加附会。例如赵云和张飞勒兵截江夺刘禅之事，从文字记载看，就与诸葛亮无关。不过，史书对诸葛亮这几年所做的事情虽无多少记载，但仅凭他与孙权和睦相处，艰难地维护着孙刘联盟这一条，就足以说明他镇守荆州的成绩和功劳。

（五）镇守成都　足食足兵

　　建安十九年（214）四月，包围雒县而久攻不下的刘备，请诸葛亮从荆州率兵增援。诸葛亮留关羽镇守荆州，自己与张飞、赵云等率兵溯江西上，所过战克，平定郡县，进军非常顺利。但当诸葛亮等人尚未到达雒县时，庞统因率众攻城，身中流矢而死。庞统死后，刘备激励将士，奋力攻城，被围一年的雒县终于在建安十九年（214）夏被攻破。占领雒县后，刘备继续南下，与诸葛亮等人在成都城外会师，共围成都。恰在此时，马超由张鲁处来降，刘备兵力更盛，成都城中震怖。

刘备与诸葛亮共围成都数十日，当时城内尚有精兵三万人，谷帛可支一年，吏民咸欲死战。但刘璋不听部下劝阻，在建安十九年（214）夏秋之际开城出降，刘备遂占领成都。刘备考虑，刘璋是汉室疏宗，与自己有一定的宗亲关系，加之自己是应刘璋之请而乘机夺得成都的，心中不免有愧，因此不忍杀害刘璋，而把他徙于荆州公安县，尽归其财物及原所佩振威将军印绶。

就在刘备占领成都后不久，北边汉中郡的形势却发生了突然变化。建安二十年（215）三月，曹操进攻张鲁，七月攻陷阳平关。张鲁先逃至巴中，至十一月又率其众降于曹操。曹操既得汉中，留夏侯渊、张郃镇守，自己则返回邺城。

曹操取代张鲁而占领汉中，这对刚刚取得成都的刘备来说是个不利的变化。张鲁胸无大志，只知传道愚民，保境自守，其兵力亦较弱，故而不但不会对成都构成大的威胁，反而易于被刘备所攻取；曹操为一代雄杰，留镇汉中的夏侯渊和张郃亦为一时名将，其兵力很强，故而不但不易被刘备所攻取，反而会对成都构成很大的威胁。这个不利变化，是诸葛亮当年在"隆中对策"时始料未及的。面对这个变化，在是否出兵进攻汉中的问题上，诸葛亮有些疑虑。但曾经为刘备夺取成都立下首功的法正，却坚决主张出兵，夺取汉中。刘备采纳了法正

的建议，于建安二十三年（218）夏，留诸葛亮镇守成都，亲率法正等人进兵汉中，屯于阳平关，与夏侯渊、张郃相拒。但战事起初并不顺利，刘备急忙给诸葛亮写信，请从成都派兵增援。诸葛亮因对出兵汉中有疑虑，便征询从事杨洪的意见。杨洪说："汉中乃益州之咽喉，存亡之关键，若无汉中则无蜀，等于祸至家门了。方今之事，男子当战，女子当运，发兵何疑！"（原文见《三国志·杨洪传》）诸葛亮疑虑尽释，于是派兵增援。建安二十四年（219）正月，刘备自阳平关南渡沔水，沿山稍前，扎营于定军山。夏侯渊领兵来争其地，在法正的具体指挥下，黄忠斩杀夏侯渊，曹兵大败。曹操自长安率军驰援，刘备敛众据险，终不交锋。五月，曹军退回长安，刘备遂占有汉中。

孔明入川　增援刘备

　　刘备自建安十六年（211）冬应刘璋之请而随法正入蜀，至建安二十四年（219）五月占有汉中，用了七年半的时间夺得包括汉中郡在内的益州全境。至此，加上关羽所镇守的荆州，刘备已经跨有荆、益两州之地。诸葛亮当年在"隆中对策"中为刘备作战略决策时，强调分两步来实施这个决策。其中第一步是"跨有荆益"，成就霸业，即夺取荆州和益州作为创业基地，形成与孙权、曹操鼎足而立的局面，为复兴汉室、统一天下打好基础。现在，战略决策的第一步已经圆满实现，于是，在建安二十四年（219）七月，诸葛亮等一百二十人联名上表汉献帝，拥立刘备为汉中王。

　　诸葛亮从建安十九年（214）夏秋之际进入成都，到建安二十四年（219）七月刘备称汉中王，在这整整五年时间里，他都做了些什么事情呢？对此，《三国志·诸葛亮传》只概括为这样几句话："先主外出，亮常镇守成都，足食足兵。"也就是说，诸葛亮在这五年间并未跟随刘备出征，而是一直留守成都，巩固后方，为刘备筹粮筹兵，做后勤工作，保证前线具有充足的粮草和兵马。这五年间，刘备曾两次离开成都，向外发兵。第一次是建安二十年（215）发兵荆州。当时孙权见刘备已得成都，便派诸葛瑾向刘备索还荆州，刘备则答应取得凉州后再归还荆州。孙权认为刘备久借荆州而不还，便在荆州的长沙、零陵、桂阳三郡自置长史，结果三郡长史全

被关羽赶走。孙权大怒，派吕蒙率兵两万夺得三郡。刘备闻之，从成都亲率大军五万来到公安，派关羽进驻益阳，争夺三郡。孙权闻之，亲至陆口，为诸军节度，派鲁肃与吕蒙合兵，亦进驻益阳，共拒关羽。当时的形势非常危急，战争有一触即发之势。正在此时，刘备听说曹操夺得汉中，怕危及成都，便与孙权讲和，并做了一些让步。结果，孙刘两家以湘水为界，平分荆州：湘水以东的江夏、长沙、桂阳三郡归孙权；湘水以西的南郡、零陵、武陵三郡归刘备。第二次便是建安二十三年(218)发兵汉中。刘备这两次离开成都向外发兵，所需粮草兵马数量甚大，而在成都保证粮草兵马供应之人，就是诸葛亮。跟随刘备在前线运筹谋划的谋士和攻城争战的武将，当然都是功臣，但从某种意义上讲，坚守本营，巩固后方，以保证前线粮草兵马供应的诸葛亮，功劳更大。刘邦和项羽争夺天下时，萧何为刘邦坚守关中，巩固后方。每当刘邦失军亡众、军无现粮之时，萧何总是及时从关中调遣兵卒驰援，转漕以济军需，保证前线兵马粮草的供应，最终使战局发生了根本的转机。刘邦即位后，在论功行封时，认为萧何功劳最大，位次当居第一。准此，则诸葛亮为刘备"镇守成都，足食足兵"，其功堪与萧何相提并论。

（六）知人善任　灵活变通

刘备占领成都后，以诸葛亮为军师将军，署左将军府事。除诸葛亮之外，对荆州从征将吏及益州原有将吏亦各有任命，尽其器能。而在知人善任、灵活变通方面，诸葛亮发挥了极大的作用。下面举几个事例。

前文曾提到诸葛亮在建安十三年（208）总督零陵、桂阳、长沙三郡时结识曹操的使者刘巴，并劝刘巴归顺刘备，但刘巴不听劝告而欲绕道益州北上，向曹操复命，结果在益州被刘璋挽留。刘备当时听说刘巴不愿归顺，心中深觉遗憾。到了建安十六年（211）刘璋派法正迎刘备入益州时，刘巴曾多次劝谏刘璋不要请刘备入蜀，否则将后患无穷。刘璋不听，刘巴遂闭门称疾。对刘巴这些与刘备为敌的做法，刘备不但没有计较，而且在进攻成都之前，特意号令军中，绝不许伤害刘巴。成都破后，刘巴向刘备谢罪，刘备并没有责怪他。诸葛亮见刘巴是个难得的人才，便多次向刘备称赞推荐，刘备于是以刘巴为左将军西曹掾。刘巴虽然有才，但性格十分偏执。张飞怀着敬意去刘巴府中拜访，刘巴认为张飞是武夫，不加理睬，使张飞非常生气。诸葛亮劝刘巴说："张飞虽为武人，但很敬慕你。主公现在正招纳文武贤才，以定大事。你虽然天赋高亮，但也应该稍微降低要求，和张飞搞好关系。"（原文见《三国志·刘巴传》裴松之注引

《零陵先贤传》）刘巴不但不听诸葛亮的劝告，反而称张飞为"兵子"，并说大丈夫处世，当结交四海英雄，不能与"兵子"交往。刘备听说刘巴瞧不起张飞，称张飞为"兵子"，非常愤怒，认为刘巴故意破坏自己平定天下的大事，甚至怀疑刘巴仍想假道益州，返回北方向曹操复命。诸葛亮见刘备如此愤怒，如果不及时加以劝解，刘巴很可能被杀，于是再一次向刘备称赞刘巴。诸葛亮说自己在运筹帷幄方面远远比不上刘巴，只是在击鼓指挥、号令军门、激励将士乐于冲锋陷阵方面可与刘巴相比。这虽是谦辞，但却起到了劝解刘备的作用，使刘备得以继续信任刘巴。刘巴从此也确实没有辜负刘备和诸葛亮对自己的信任。他后来恭默守静，退无私交，非公事不言，性格大为改变。又曾建议刘备铸"直百钱"以平抑物价，设立官市，使得数月之间，府库殷实充裕，保障了军需供应。后来刘备称帝时，凡诸文诰策命，皆为刘巴所作。刘巴官终尚书令，死后，连魏国的尚书仆射陈群也专门给诸葛亮写信，询问刘巴的有关情况，对他甚为敬重。

许靖字文休，少即知名，喜好臧否人物，月旦品评，清谈不倦，时人称其有虚誉而无实才。刘备包围成都时，许靖任蜀郡太守，因蜀郡治所在成都，所以他也被围于城内。成都将破，年逾六旬的许靖曾想翻墙出降刘备。刘备因轻视许靖的为人，故在城破之后对他不予任用。

诸葛亮向刘备建议说，许靖是一时人望，不能不用，应借助他的声望以造成轰动天下的名人效应。刘备采纳了诸葛亮的建议，以许靖为左将军长史。由于许靖受到重用，因此团结争取了广大知名人士，这对成都初定、民心初附的刘备政权来说，意义是十分重大的。后来刘备为汉中王时，以许靖为太傅。刘备称帝后，策许靖为司徒，丞相诸葛亮亦为之拜。即使魏国的华歆、王朗、陈群等公辅大臣，亦皆写信给许靖，申陈旧好，情义极为诚恳，这对缓解当时魏蜀两国之间紧张的政治关系，起了一定的作用。

蒋琬字公琰，弱冠知名，为人正直有威望，随刘备入蜀，破成都后出任蜀郡广都长。蒋琬因自己大材小用而心中委屈，故借酒浇愁，不理政事。刘备因外出巡视而突然来到广都县，见蒋琬众事不理，时又沉醉不醒，心中大怒，将加罪戮。诸葛亮对刘备说，蒋琬是治理国家的大人才，让他治理方圆百里的小县，并不合适；而且他为官施政，以安定民心为根本，并不追求装潢门面，请重新考虑对蒋琬的任用。刘备听从诸葛亮的劝告，乃不加罪蒋琬，只将他暂时免官，后来又让他担任广汉郡什邡县令。刘备为汉中王后，又调蒋琬入为尚书郎。后主刘禅建兴元年（223），诸葛亮开府治事，调蒋琬为丞相府东曹掾。当时朝廷按德才和功绩选拔茂才（即秀才，后汉时为避光武帝刘秀名讳，改称茂才），准备加以重

用。蒋琬被选为茂才后，考虑到自己在丞相府任职，与诸葛亮关系比较亲近，为了避嫌，他固辞不受，并请诸葛亮另选刘邕、阴化等人。诸葛亮于是作教答蒋琬曰："如果只考虑回避亲近之人而舍弃德才之士，从而让百姓遭受困苦，那么，既会使众人心中不安，也会使内外官员不解其意。因此，你应该显露自己的德才和功绩，以证明此次选拔茂才是公正慎重的。"（原文见《三国志·蒋琬传》）蒋琬按诸葛亮的要求去做，不久即被提拔为丞相府参军。建兴五年（227）诸葛亮前往汉中准备北伐时，让蒋琬以参军身份辅助留府长史张裔主持成都丞相府工作。建兴八年（230）张裔去世后，诸葛亮又提拔蒋琬为留府长史。在诸葛亮多次出兵北伐期间，蒋琬经常足食足兵以保障供给。诸葛亮经常对人说："蒋琬立志忠诚，品德高尚，是与我共同辅佐王业之人。"（原文见《三国志·蒋琬传》）建兴十二年（234）诸葛亮临终之际，还密表后主刘禅曰："臣若不幸去世，以后的国家大事应该托付给蒋琬。"（原文见《三国志·蒋琬传》）后来的事实证明，诸葛亮确定蒋琬为自己的继承人，担任蜀汉的第二任丞相，这个选择是完全正确的。

法正字孝直，是迎接刘备入蜀并夺取成都的首位功臣。成都破后，刘备以他为蜀郡太守、扬武将军，使他外统都畿，内为谋主，握有很大的权力。但法正心胸狭窄，睚眦必报，掌握大权之后，擅杀毁己者数人。有人请诸葛亮建议刘备，对法正的作威作福行为加以抑制，诸葛亮说："主公在公安时，北畏曹操之强，东怕孙权之逼，近惧孙夫人（孙权之妹）生变于肘腋之下。当此之时，跋前疐后，进退两难。多亏法正的辅佐协助，主公才取得益州，如飞鸟翩然翱翔，使别人无法制约。现在怎么能禁止法正，使他不能按自己的意图行事呢！"（原文见《三国志·法正传》）法正恃功恃宠，擅作威福，当然不对，但诸葛亮之所以认为不宜禁止法正按其意图行事，而为法正进行辩解，主要原因就在于他认为法正建立了彻底改变刘备命运和处境的巨大功勋，应该作为特殊人物而灵活变通，予以特殊对待。当刘备在荆州时，北有曹操，东有孙权，处境本来已很艰险，而身边又有孙权的妹妹，这更使他心中不安。孙权的妹妹才捷刚猛，有诸兄之风，侍婢百余人，时常皆执刀侍立，刘备见之，心常懔然。正是有了法正的辅翼，刘备才得以夺取益州，摆脱困境，从此不可复制。如此大功，在当时确是无人可比的。当然，除了因法正建有巨大功勋外，刘备对法正的器重信任，尤其是诸葛亮本人对法正才能智术的佩服，也是诸葛亮主张对法正应该灵活变通，予以特殊对待的重要原因。史载诸葛亮与法正，虽好尚不同，然每以公义相取，诸葛亮对法正之智术，深以为奇。法正的才能智术，确实非一般人所及，他后来为刘备献计建策，在夺取汉中时又立下首功，便是明证。

重用蒋琬　任人唯贤

　　当然，在对待法正的问题上，后世不少人曾批评诸葛亮因人而异，用法不一。但我以为，诸葛亮主张对法正应该灵活变通，予以特殊对待，这并不影响他以法治蜀的总原则。请看以下事实：

　　诸葛亮治蜀，主张实行严刑峻法。但法正却劝他缓刑弛禁，并谈了三条理由：一是昔日汉高祖刘邦进入关中之后，刑法宽简，只约法三章而秦民知德。二是如今刘备与诸葛亮等人凭借武力进据益州，初有其国，未垂

惠抚，不宜实行严刑峻法。三是刘备与诸葛亮等人以荆
州之客而临益州之主，其义亦宜缓刑弛禁，以慰民望。
但诸葛亮对法正的观点则据理驳斥道："君只知其一，未
知其二。秦朝因为暴虐无道，政令繁苛，百姓怨恨，所
以陈胜、吴广振臂一呼，天下便土崩瓦解。汉高祖根据
这种情况，只约法三章，便可靠宽大为怀的政策取得成
功。刘璋昏庸无能，自其父刘焉以来，两代人都靠小恩
小惠进行统治，政令重在笼络人心，官吏之间互相迁就
推诿，致使德政不能实施，刑法失去威严。蜀土人士，
专权自恣，君臣之道，逐渐废坏。如果对他们用爵位表
示恩宠，则爵位已极而无法再升时，他们便会轻视你；
如果用恩惠使他们顺从，则恩惠已竭而无法再施时，他
们便会怠慢你。刘璋父子之所以招致弊病，原因实由于
此。现在我用法令去震慑他们，这样，在法令推行之后，
他们才知道什么是恩惠；用官爵去限制他们，这样，在
官爵升迁之后，他们才知道什么是荣耀。两者并用，互
相补充，就会上下有节，井然有序。为治之要，于此可
见。"（原文见《三国志·诸葛亮传》裴松之注所引《蜀
记》之"郭冲五事"其一）诸葛亮批评法正只看到问题
的一个方面，而忽视了问题的另一个方面，是只知其一，
不知其二。他认为：秦政繁苛，百姓怨恨，匹夫一呼，
天下土崩。针对这种情况，汉高祖反其道而行之，刑宽
政简，故而奏效。刘璋父子，与秦不同，刑法废弛，政

令不行，恩宠滥施，多方迁就，致使蜀土人士，专权自恣，君臣之道，日渐败坏。针对这种情况，现在不能再用汉高祖宽大为怀的政策，也应反其道而行之，威之以法，限之以爵，实行法治。诸葛亮驳斥法正时所说的这一段话，实际是他以法治蜀的纲领。

诸葛亮不但是这么说的，实际也是这么做的。例如，广汉人彭羕，曾被刘璋髡钳（剃去头发为髡，以铁圈束颈为钳）为徒隶，后由庞统与法正共同向刘备予以推荐。刘备夺取成都后，拔彭羕为治中从事，予以重用。彭羕原本恣性骄傲，多所轻忽，又由徒隶一朝处于显位，更加得意忘形，深自矜伐。诸葛亮见彭羕心怀叵测，难保安顺，便建议刘备将其左迁为江阳太守。彭羕闻听降职，私情不悦，便前往马超处，一方面当着马超骂刘备是"老革（即老兵）荒悖"（《三国志·彭羕传》），一方面煽动马超在外起兵造反，自己在内接应，共夺天下。马超闻言大惊，默然不答，待彭羕走后，便将其罪状表奏刘备。彭羕被下狱后，曾给诸葛亮写了一封长信，对自己的两条罪状进行辩解，并请求诸葛亮予以营救。但诸葛亮以事实为依据，以法律为准绳，坚持法治，毫不徇情。彭羕最终被诛死。当然，诸葛亮的以法治蜀，在辅佐刘禅时期表现得最为明显，此为后话，兹不赘述。

马超字孟起，是一位文武兼备的名将，他在刘备包围成都时由张鲁处来降，对夺取成都起了很大作用。成都破后，刘备以马超为平西将军。当时镇守荆州的关羽，久闻马超的大名而未曾谋面，便给诸葛亮写信，问马超的才能可与谁并列。诸葛亮给关羽回信说："马超虽然文武兼备，勇烈过人，算得上一世豪杰，但也不过是英布、彭越一类的人物，只能与张飞争个高下，还比不上您美髯公的绝伦超群。"（原文见《三国志·关羽传》）因为关羽的须髯又长又美，所以诸葛亮在信中不提他的名字，而称他为"美髯公"。在诸葛亮看来，由于关羽性情高傲，刚愎自用，争胜寻衅，从不服人，而他当时又坐镇荆州，关系重大，如果回信处理不当，便可能激出事端，因此，诸葛亮的回信采取了以表扬和称赞为主的方式。关羽看了诸葛亮的回信果然非常高兴，把信遍示宾客。由于诸葛亮恰当处理了关羽的来信，因此，既稳定了关羽的情绪，也使马超能够安心为刘备防守西北边境。

黄忠字汉升，原为荆州牧刘表部将，赤壁之战后归顺刘备。刘备入蜀，自葭萌县还攻成都时，黄忠冲锋陷阵，勇冠三军。刘备与曹军争夺汉中时，黄忠在定军山一战而斩曹操的大将夏侯渊，立下赫然战功。刘备建安二十四年（219）七月进位汉中王后，拜封有功将领：关羽为前将军、黄忠为后将军、马超为左将军、张飞为右将军。这个拜封本来是合情合理的，但诸葛亮却认为封黄忠为后将军，使他与关羽、马超、张飞地位相等，恐怕不妥当。其主要原因并不在黄忠本人，而在于关羽。

在诸葛亮看来，黄忠的名望，向来不能与关羽、马超、张飞相比，而他所立的功劳又主要是在夺取成都和汉中之时。马超和张飞一直在刘备身边，亲眼看到黄忠的功劳，因此，封黄忠为后将军，尚可向他们解释清楚。而远在荆州的关羽，如果听到黄忠的地位与自己相等，一定会不高兴。但刘备并未采纳诸葛亮的意见，而说他将向关羽加以解释。果然不出诸葛亮所料，当刘备派费诗前往荆州拜关羽为前将军时，关羽听说黄忠被封为后将军，地位与自己相等，便不肯受拜，怒而言道："大丈夫终不与老兵同列！"（《三国志·费诗传》）后经费诗一再劝解，关羽才感悟受拜。

知人善任　识别忠奸

以上所谈诸葛亮为马超之事而向关羽回信，以及拜封黄忠而首先考虑到关羽的反应，这两件事情充分说明诸葛亮对高级将领的知人善任。而在高级将领中，诸葛亮又特别关注镇守荆州的关羽的情绪，这说明他一时一刻也没有忘记荆州对刘备政权的重要性。

　　诸葛亮对刘备集团的主要人物能够知人善任，对法正这样的特殊人物能够灵活变通，特殊对待，这充分说明他在用人问题上的良苦用心和所具有的敏锐目光。与此同时，诸葛亮对于曹操派来冒充人才的刺客，也能洞察其奸，一眼识破，现举一例。曹操在北方听说刘备和诸葛亮广招贤才，不次用人，便选派了一名刺客潜入成都，毛遂自荐，以便伺机刺杀刘备。一般刺客都是暴虎冯河、有勇无谋的冒险蛮干之徒，而这名刺客却能言善辩，颇有心计。他刚拜见刘备之后，开口便投其所好，分析刘备与曹操两大集团的形势，大谈伐曹之事，刘备听了，甚合己意。两人越谈越投机，关系也显得越来越亲密。正当刺客想逐渐靠近刘备而尚未找到合适机会时，诸葛亮从外面进来。刺客一见诸葛亮，便显得神色慌张，举止失措。诸葛亮乘机仔细观察刺客，知其来意不善，定非寻常之人。刺客见诸葛亮非常注意自己，知道难以下手，不久便借口上厕所而起身出去。刘备对诸葛亮说："我刚才得到一位奇士，足以帮助您共同补益时政。"诸葛亮问奇士现在何处，刘备说就是刚才起身出去之人。诸葛亮徐叹一声说道："我观此人神色慌张而惊惧，低头下视而却多次向上偷看，奸形外露，邪心内藏，肯定是

曹操派来的刺客。"（原文均见《三国志·诸葛亮传》裴松之注所引《蜀记》之"郭冲五事"其二）刘备派人去追，但刺客早已越墙逃跑了。

（七）联盟破裂　白帝受命

诸葛亮虽然特别关注关羽镇守的荆州，但在刘备进位汉中王后刚半年，荆州的形势却发生了天翻地覆的变化。

建安二十四年（219）七月，在刘备进位汉中王的同时，镇守荆州的关羽开始北伐。关羽留南郡太守麋芳守江陵，将军傅士仁守公安，自率大军北进，围攻曹仁于樊城。曹操派于禁、庞德援助曹仁，但八月间霖雨不停，汉水暴涨，于禁所督七军皆没于水，于禁本人降于关羽，庞德被关羽擒杀。关羽又派别将围攻襄阳，曹操所置的荆州刺史胡修、南乡郡太守傅方皆降于关羽。到了十月，弘农郡陆浑县的孙狼等人也起兵反曹，遥受关羽印号，以为内应。当时的关羽威震华夏，逼得曹操曾想迁离许都，以避其锐。

就在此时，司马懿与蒋济建议曹操派人劝孙权偷袭荆州，许割江南之地以封孙权，这样则樊城之围自解。曹操听从此计，派人去劝说孙权。

而在此之前，关羽曾在三件事情上使孙权非常恼怒。一是孙权曾派人为己子求娶关羽之女，关羽不但不许婚，反而辱骂其使。二是建安二十年（215）孙刘以湘水为界中分荆州后，孙权临湘水置关储粮，而关羽在得到于禁等数万人马之后，粮食乏绝，遂擅取孙权湘关之米。三是关羽围樊城而得于禁等人马之后，威势更振，孙权为了讨好关羽，表面主动请求出兵援助，而暗中却命令援兵迟留不动，关羽知道后，骂孙权道："小貉崽子，竟敢如此，如果攻下樊城，我难道不能消灭你吗！"（原文见《三国志·关羽传》裴松之注引《典略》）以上三件事情，说明关羽在处理与孙权的关系问题上是有过错的，为孙权破坏孙刘联盟而偷袭荆州提供了借口。

但借口毕竟只是借口，而孙权偷袭荆州的根本原因则是他视荆州为立国之命脉，志在必得。所以，当曹操派人劝他偷袭荆州时，他立即答应。而此时孙权集团中力主孙刘联盟的鲁肃已死，接替鲁肃驻兵陆口的是早想夺取荆州的吕蒙，孙权便将偷袭荆州的重任交给吕蒙。

吕蒙为了迷惑关羽，假称病重，离开陆口返建业就医，而派名望不高却有真才的年轻将领陆逊至陆口接替自己。陆逊至陆口以后，故意写信给关羽，态度非常谦恭，极力称颂关羽，而暗自收敛锋芒，深藏不露，想以此使关羽放松警惕。关羽果然被吕蒙和陆逊的计策所迷惑，不再提防江东，而将原先留守荆州的兵马调去增援围攻樊城，使荆州的兵力非常空虚。

吕蒙乘荆州兵力空虚之机，由建业来到浔阳，尽伏

其精兵于战船之中，使白衣之人摇橹，装作商贾之状，昼夜兼程西进。关羽沿江所置的侦察士兵全被吕蒙收缚，使关羽得不到一丝一毫吕蒙偷袭荆州的消息。关羽所派留守公安的傅士仁与留守江陵的麋芳，素嫌关羽轻己，又因供应军资不力，怕关羽治罪，于是在吕蒙兵临城下时先后出降。吕蒙遂顺利地袭取了荆州，并尽虏关羽及将士家属。

关羽在樊城前线虽然从曹操大将徐晃处得知吕蒙将袭荆州的消息（曹操命徐晃有意告诉关羽），但他自恃江陵、公安二城防守坚固，非旦夕可拔，又因樊城有必破之势，如释之而去，则前功尽弃，故而犹豫不肯撤兵。等到得知荆州已失的确凿消息后，关羽才撤兵南返，然为时已晚，军尤斗志，士卒纷纷离散。关羽数次派人命驻守上庸的刘封、孟达发兵救援，但刘封、孟达以山郡初附、未可轻动为由，拒不接受关羽的命令。关羽自知孤立无援，乃退入南郡当阳县之麦城，不久又弃城逃遁，从者仅十余骑。建安二十四年（219）十二月，孙权大将潘璋的部下马忠，在南郡临沮县之章乡设伏擒获关羽及其子关平，斩之。荆州从此归孙权所有。

远在成都的诸葛亮虽然一直关注着关羽镇守的荆州，但荆州竟在刘备事业发展到顶峰时期突然丢失。荆州的丢失，直接责任虽然在关羽，但更与诸葛亮战略决策的失误有关。诸葛亮当年在"隆中对策"时为刘备所做的战略决策中有两项重要内容，这就是"跨有荆益"与"外结好孙权"。但是，诸葛亮忽视了一个最基本的事实，即从长远看，"跨有荆益"与"外结好孙权"是互相矛盾的，不可能并存。也就是说，刘备既想占有荆州，又想维护孙刘联盟，从长远来看，是绝对办不到的，两者只能得其一，不可能兼得。荆州对孙权和刘备当然都很重要，但从地理位置看，对孙权尤为重要，是其立国之命脉。荆州与刘备占领的益州之间，有三峡阻隔，交通非常困难。对刘备来说，荆州是孤悬三峡之东的一块飞地，得之当然更好，即使不能得到，他仍可凭借益州的四面险阻，在蜀中长久立国。这个道理，已被许多历史事实所证明。相反，荆州与孙权占领的扬州之间，有长江相连，交通便利，朝发夕至。对孙权来说，荆州与扬州是不可分割的一个整体，不控制荆州，他在长江下游便无法长久立国。这个道理，也被许多历史事实所证明。从长远来看，刘备如果占住荆州不放，则孙权总有一天必然会破坏孙刘联盟，发兵夺取；刘备如果想维护孙刘联盟，则必须把荆州让给孙权。诸葛亮既想让刘备长久占领荆州，又想长久维护孙刘联盟，这只是他自己一厢情愿的设想，根本没有考虑孙权是否会长久接受。单纯强调与孙权搞好关系而不顾他在荆州的实际利益，孙权是不会接受的。孙权的性格如同越王勾践，既多谋善变，又能屈身忍辱。在赤壁之战和战后最初几年里，为了借

助刘备的力量共同对付曹操，他可以维护孙刘联盟，并暂时忍耐，让刘备占有荆州。但随着情况的发展和条件的变化，特别是在刘备夺取成都和汉中之后，孙权绝不会再继续忍耐。何况夺取荆州是孙权父子兄弟三代人梦寐以求的大事，也是他们的既定国策，其中孙坚还为此献出了性命。所以，孙权最终破坏孙刘联盟而夺取荆州，有其必然性，并不奇怪；值得奇怪的倒是诸葛亮竟没有考虑到"跨有荆益"与"外结好孙权"之间所存在的不可调和的尖锐矛盾。如果从这个角度看问题，则荆州的丢失，便不能完全由关羽负责。即使换成另外任何一位

战略失策　丢失荆州

将领，甚至由刘备或诸葛亮亲自镇守荆州，与孙权的联
合也只能是暂时的，早晚必然会兵戎相见。孙权不夺得
荆州，是绝不会善罢甘休的。建安二十年（215）由孙权
引起的荆州之争，便是先兆。

荆州丢失，对刘备来说是个巨大损失，它使诸葛亮
当年在"隆中对策"中提出的"跨有荆益"、待机两路出
兵北伐的设想化为泡影。从此，刘备的势力被围于三峡
以西的四川及汉中、云贵一带，其发展受到很大的限制。

刘备称帝 诸葛为相

建安二十五年（220）正月，魏王曹操死，其子曹丕
嗣位为魏王，改建安二十五年为延康元年。此年十月，
汉献帝被迫禅位，汉朝灭亡，曹丕即帝位，国号为魏，
建都洛阳，又改延康元年为黄初元年。十一月，曹丕降
封汉献帝为山阳公。

建安二十六年（221，刘备奉汉为正统，仍用建安年

号）初，远在成都的刘备、诸葛亮等人闻听传言，误以为汉献帝已遇害，于是为献帝发丧，追谥为"孝愍皇帝"。群下劝刘备即帝位，以继汉统，刘备未许。诸葛亮劝道："今曹氏篡汉，天下无主，大王是刘氏后裔，继承汉统，即皇帝位，乃义不容辞之事。"（原文见《三国志·诸葛亮传》）刘备乃于四月在成都即帝位，国号仍为汉，世称蜀，亦称蜀汉，以诸葛亮为丞相，改建安二十六年为章武元年。

刘备称帝后，决定立即讨伐孙权，为关羽报仇，重新夺回荆州。群臣苦苦劝阻，刘备一概不听。临出兵前，张飞被部将张达、范强所杀，并持其首而投降孙权，这更激起刘备讨伐孙权的决心。章武元年（221）七月，刘备亲率人军东进，吴班、冯习所领的四万前锋部队在巫县初战告捷，接着占领了秭归。章武二年（222）正月，刘备来到秭归，派吴班、陈式领水军进驻夷陵，占领长江两岸。二月，刘备从秭归率大军自江南沿山推进，连营数百里，前锋驻屯于夷道、猇亭，另派黄权督江北诸军以防魏师。孙权派陆逊为大都督，率兵五万拒敌。陆逊据守有利地形，坚持以逸待劳，不与刘备决战。两军对峙数月，到了闰六月盛夏之时，酷暑难忍，刘备兵疲意沮，乃移入密林结营，准备秋后再战。陆逊抓住时机，全线出击，采用火攻，连破刘备四十余营，斩其大将张南、冯习，以及胡王沙摩柯等，杜路、刘宁等降于陆逊。

刘备自猇亭逃至马鞍山，陈兵自绕，准备再战。陆逊督军四面围攻，蜀兵土崩瓦解，死者以万计。刘备率残兵夜遁，到秭归后舍弃舟船，由陆路逃归白帝城。而在江北督军的黄权，因道路隔绝，无法还蜀，遂于八月率众降魏。这次战役，史称夷陵之战。

关羽被杀，荆州丢失，是刘备一大损失；夷陵之战中遭到惨败，也是刘备一大挫折。从此，蜀国元气大伤。经过这两次重大打击，刘备在白帝城一病不起，病危之际，他派人到成都去请诸葛亮，准备托付后事。

从章武元年（221）七月刘备讨伐孙权开始，到章武二年（222）闰六月败归白帝城为止，这整一年时间里，诸葛亮的任务仍然是"镇守成都，足食足兵"，以主要精力为刘备坚守本营，巩固后方。但刘备在夷陵之战中毕竟遭到惨败，而诸葛亮对这次惨败究竟有无责任呢？要回答这个问题，我们还是看看诸葛亮在得知夷陵之战失败后的一段感叹："法正若在世，就能阻止主公，使他不东行；即使东行，也一定不会失败。"（原文见《三国志·法正传》）从诸葛亮的这个事后感叹看，他内心是不赞成刘备出兵讨伐孙权的。但在刘备即将出兵时，群臣谏阻者甚多，今史籍中有据可查的就有赵云、秦宓等人，甚至连诸葛亮的兄长诸葛瑾也奉孙权之命，从江东向刘备写信求和，然而，我们查遍史籍，却找不到诸葛亮的劝阻之辞。这样，可以肯定地说，诸葛亮虽然内心不赞成刘备出兵，但也没有公开劝阻。至于诸葛亮不加劝阻的原因，可能有三条。第一，刘备得知关羽被杀、荆州丢失的消息后，怒不可遏，决心出兵，除了法正之外，别人是无法劝阻的，而当时法正已死，诸葛亮估计自己的劝阻也未必奏效，故而不加劝阻。第二，刘备决心出兵、发誓夺回荆州的想法，在诸葛亮看来，是为了重新实现"跨有荆益"这一战略决策，与自己的本意相合，故而不加劝阻。

夷陵惨败　刘备托孤

第三，在诸葛亮看来，蜀汉居长江上游，总体上得地势之利，如果有像法正那样的智术之士为刘备临阵参谋，观变出奇，则战胜孙权仍是有可能的，故而不加劝阻。胡三省在《资治通鉴注》中曾针对诸葛亮的那段感叹而说道："观孔明此言，不以汉主伐吴为可，然而不谏者，以汉主盛怒而不可阻，且得上流，可以胜也。兵势无常，在于观变出奇，故曰孝直在必不倾危。"这个看法，大体猜中了诸葛亮当时的心态。所以，无论诸葛亮出于何种原因而不劝阻刘备出兵，但作为丞相，他对刘备兵败夷陵都负有一定的责任。

诸葛亮于章武三年（223）二月奉诏自成都来到白帝城。三月，弥留之际的刘备授意诸葛亮代为草拟了给太子刘禅的遗诏。临终之时，刘备托孤于丞相诸葛亮和尚书令李严，并对诸葛亮说："君之才能是曹丕的十倍，必能安定国家，最终成就大事。若刘禅可以辅佐，就辅佐他；若其不才，君可取而代之。"又告诫刘禅说："你与丞相共事，侍奉丞相应如父亲一样。"诸葛亮见刘备对自己如此信任，遂感激受命，涕泣答道："臣将竭尽辅佐之力，贡献忠贞之节，继之以死。"（原文均见《三国志·诸葛亮传》）不久，刘备即于四月二十四日去世，时年六十三。

三、辅佐刘禅时期

（一）广开言路　恢复联盟

自刘备兵败夷陵之后，蜀国内部的局势即开始动荡，幸亏诸葛亮镇守成都，才未发生大的动乱。但当诸葛亮奉诏至白帝城后，大的动乱便开始了。章武三年（223）三月，素为诸葛亮所不满的汉嘉郡（分蜀郡所置）太守黄元，一则考虑到刘备病危，怕刘备死后诸葛亮对己不利，二则考虑到诸葛亮东行，成都空虚，于是举郡反叛，火烧临邛城。在此危急关头，益州治中从事杨洪，启奏太子刘禅遣其亲兵，派将军陈曶、郑绰率领，讨伐黄元。杨洪估计黄元兵败后必将顺流东下，至白帝城向刘备请罪，如刘备已死，则必将投奔东吴，于是命陈曶、郑绰在南安峡口拦截。陈曶、郑绰按杨洪的部署，果然活捉黄元，押回成都斩之。黄元之乱虽被平息，但与此同时，南中地区又发生了更大的叛乱。一时之间，蜀汉的国内形势十分危急。

为了腾出时间迅速处理因夷陵兵败和刘备去世而引发的一系列问题，诸葛亮上表刘禅，请他立即公布刘备遗诏，并按礼而有节制地办理刘备的丧事。在诸葛亮的安排下，以李严为中都护，留镇白帝城，自己则护送刘备灵柩于五月返回成都，八月葬刘备于惠陵。

章武三年（223）五月，十七岁的刘禅即位于成都，改章武三年为建兴元年，封诸葛亮为武乡侯，领益州牧，设立丞相府署，治理国事。从此，四十三岁的诸葛亮担负起辅佐刘禅的重任，朝廷事无巨细，咸决于亮，他实际上成为蜀汉的最高执政者。

诸葛亮秉政之后，由于后主刘禅暗弱年幼，国家大事集于自己一身，因此他深感责任重大。为了广开言路，听取大家的不同意见，诸葛亮于建兴元年（223）接连下发了《教与军师长史参军掾属》（亦称《与群下教》）和《又教与军师长史参军掾属》（亦称《又与群下教》），鼓励部属对自己的缺点和错误提出批评。他在第一《教》中说：所行之事，之所以让大家参与讨论，是为了集思广益。如果为了避免小嫌疑而不肯提出不同意见，则会对国家造成损失。通过不同意见的反复争论，最后得出正确结论，就如同丢弃破鞋而获得珠玉一样。然而人们总是顾虑重重，苦于不能把心中的话完全说出。只有徐元直能够直言不讳；另外董幼宰参与处理政事七年，我办事每有不周之处，他都能反复多次提出不同意见。如果大家能学到徐元直的十分之一，能像董幼宰那样勤勤恳恳，忠于国家，那我就可以少犯过失了。在第二《教》中又说：我任重才轻，故多阙漏。过去与崔州平交往时，屡闻指点得失；与徐元直交往时，多受启发教诲；与董幼宰共事时，他每次都把话讲尽；与胡伟度共事时，他经常有规劝阻止。我虽然天性鄙陋愚昧，不能完全采纳，但与此四人的关系始终很融洽，这足以说明我对直言者绝不会疑忌。从以上两《教》来看，诸葛亮在处理国家大事时，很欢迎部属能提出不同意见，供自己斟酌参考，以避免或减少失误。

　　由于诸葛亮鼓励大家提意见，不搞打击报复，因此部属们便敢于对他直言劝谏。例如，刘备刚去世后，诸葛亮身为丞相，日理万机，然事无巨细，他都亲自过问，甚至连校阅账簿文书之类的具体小事，他也亲自处理。对于诸葛亮的这种工作方法，主簿杨颙就提出批评，他说：为治应有分工，上下不可相侵。譬如一个家庭，男奴管耕种，女婢管炊事，鸡主司晨，犬主吠盗，牛用于载重，马用于远行，分工明确，所求皆足，如此，则主人便可雍容不迫，高枕无忧。相反，如果主人分工不明确，凡事皆躬亲，劳其体力，为此细务，则必形疲神困，一事无成。这并非主人之智力不如奴婢鸡犬及牛马，而是治家的方法有问题。治理国家，亦同此理。坐而论道，乃王公之职责；作而行之，乃士大夫之职责。汉宣帝的丞相丙吉春日出行，看见清道夫群斗，死伤横道，他并不过问，但看见耕牛吐舌喘气，他却为之担忧，因为丙吉认为丞相不应亲自处理小事，只应关心大事。群斗小事，应由长安令和京兆尹处理；耕牛春天热得喘气，说明时气失节，阴阳不调，关心此类大事，才是丞相的职责。汉文帝问丞相陈平，全国每年决狱多少？每年钱谷出入多少？陈平说，事有分工，各负其责。决狱之事，可问治狱廷尉；钱谷之事，可问治粟内史。丞相的职责，不在具体细务，而在于上佐天子，燮理阴阳，下育万物，各得其宜，外镇四夷，安抚诸侯，内亲百姓，使卿大夫各司其职。杨颙在向诸葛亮举了以上事例后，又对他说：丙吉、陈平为丞相，都能做到分工明确，各司其职；而现在您任丞相，连校阅账簿文书之类的具体小事都要亲自处理，形疲神困，汗流终日，这不是太劳累了吗！诸葛亮听了杨颙对自己工作方法的批评后，非常感谢。后来杨颙去世，诸葛亮曾为之垂泣三日，并在写给张裔和蒋琬的信中说："令史中失去赖玄，掾属中失去杨颙，对朝廷的损失太大了。"（原文见《三国志·杨戏传》）当然，由于蜀汉当时的具体国情，加之诸葛亮小心谨慎的一贯作风，使他不可能完全改变事必躬亲的工作方法，但是，他广开言路，鼓励部属提意见，不搞打击报复，这却是十分难能可贵的。

诸葛亮主持蜀国大政后，摆在他面前的问题很多。在诸多问题中，诸葛亮认为最紧迫的是必须立即恢复遭到破坏的孙刘联盟。

由诸葛亮和鲁肃在建安十三年（208）赤壁之战前夕所共同促成的孙刘联盟，在赤壁之战后艰难地维持了十一年。建安二十四年（219）孙权杀关羽而夺荆州，彻底破坏了孙刘联盟；此后刘备为关羽报仇伐吴而遭惨败，不但使孙刘两家的仇恨更为加深，而且使蜀国元气大伤。在刘备死后，魏帝曹丕乘吴蜀仇恨正深而蜀国处境十分困难之机，命司徒华歆、司空王朗、尚书令陈群、太史令许芝、谒者仆射诸葛璋等五位耆艾老臣各自写信给诸葛亮，陈以天命人事，劝诸葛亮举国称藩，投降魏国。由于华歆等五人同时写信劝降，诸葛亮深感事情重大，不能置之不理，必须予以严厉驳斥，而他又不屑于给五人分别回信，因此，诸葛亮便写了《正议》一文，公诸天下，对五人同时加以驳斥曰："昔日项羽起兵之后，不遵循正道，虽处华夏之要地，握帝王之权势，但最终兵败身死，为后人留下永久的鉴戒。魏国不吸取历史教训，又步项羽后尘，曹氏父子能自身免祸已属万幸，子孙当以此为戒。然而，你等老迈之人，承伪命而称颂曹丕，劝我投降，此正如同陈崇、张竦称颂王莽之功一样，也不过是你等为了免去大祸，迫不得已的苟且偷生作法而已。昔日世祖皇帝（指刘秀）在前汉基础上创立后汉，只激励数千疲弱兵士，便在昆阳郊外挫败王莽的四十余万劲旅。可见，依靠正义而讨伐不义，并不在兵士的多少。到了曹操，凭借其以诡诈手段取胜而窃取的权力，统率数十万大军，前往汉中阳平关救援张郃，结果被我军打败，曹操悔恨不已，仅能自脱，丧其精锐之众，遂失汉中之地，他此时才深知皇权帝位不可妄获，不久即返回，未及到达许都即感毒而死。曹丕荒淫逸乐，继曹操之后而篡夺汉位。纵然曹丕派你等在信里施展像苏秦、张仪那样的诡辩靡丽之说，妄陈像雅兜那样的罪恶滔天之辞，企图诬蔑诽谤尧帝，挑拨离间夏禹和后稷，但也不过是徒费文辞、烦劳笔墨而已，这是大人君子所绝不肯为之事。另外，《军诫》中说：'万人下定必死的决心，便可横行天下，所向无敌。'昔日黄帝轩辕只率兵数万，便可制服四方，平定海内，何况现在蜀国以数十万之众，依靠正义而讨伐篡汉的罪人，曹魏岂可冒犯阻挡！"（原文见《三国志·诸葛亮传》裴松之注引《诸葛亮集》）诸葛亮在《正议》中引经据典，联系现实，驳斥了华歆等人的劝降谬论，揭露了曹氏父子篡汉夺位的罪行，说明了正义战胜邪恶的必然性，表达了自己以弱胜强、统一天下、复兴汉室、还于旧都的决心和信念。

但诸葛亮又清醒地看到，当时要顶住魏国的压力，并为以后的北伐做好准备，仅靠蜀汉一国之力是绝对不行的，必须立即恢复遭到破坏的孙刘联盟，更何况孙刘联盟是自己当年在"隆中对策"中的既定外交政策。于是，在

建兴元年（223）九月，诸葛亮派邓芝出使东吴，与孙权修好。而在此之前，孙权因已夺得荆州，并取得夷陵之战的胜利，加之曹丕不断向他施压，要他送子入朝为人质，所以他也有重新恢复孙刘联盟的意向，曾于蜀汉章武二年（222）十二月派郑泉到白帝城表示愿与蜀国改善关系。当时刘备兵败夷陵后正驻白帝城，曾派宋玮、费祎等报命于吴。但刘备死后，孙权又产生了疑虑。邓芝于建兴元年（223）十一月到达东吴后，针对孙权的疑虑，做了大量工作。孙权终于答应与魏绝交，重新与蜀联合，并于蜀汉建兴二年（224）春天派张温与殷礼随邓芝报聘于蜀。诸葛亮接着派邓芝再次出使东吴。从此，吴蜀信使往来，不绝

北拒魏国　东续联盟

于道，孙刘联盟重新恢复。尤其是孙权一方，更将与蜀汉联系的大权交给镇守荆州的陆逊。为了便于与蜀汉联系，孙权还把自己的大印放在陆逊处，他每次写给刘禅和诸葛亮的信件，都先送给陆逊过目，轻重可否，任其改定，然后盖印发出。陆逊镇守荆州，隔三峡与蜀为邻，他在此后很长一段时间内，实际上起着孙权与诸葛亮相互联系的中介作用。

在孙权所派来的张温与殷礼两位报聘使者中，对于殷礼的人品才能，"诸葛亮甚称叹之"（《三国志·顾邵传》裴松之注引《通语》）。诸葛亮曾称赞殷礼是东吴少有的奇伟之人，又在写给其兄诸葛瑾的信中称赞殷礼才能出众，把他比作颇受后世称誉的春秋时期郑国大夫公孙侨和晋国大夫羊舌肸。

当然，孙刘两家的第二次联盟，与第一次联盟有很大的不同。第一次联盟是与刘备一方"跨有荆益"的战略利益同时并存的。到了第二次联盟时，无情的现实使诸葛亮已清醒地认识到，自己原先设想的"跨有荆益"，与孙刘联盟是不可能长期并存的，二者之间存在着不可调和的尖锐矛盾。所以，第二次孙刘联盟，诸葛亮是付出了沉重代价的。这个代价，就是承认孙权占有荆州的合理性，自己则不能再提"跨有荆益"。尽管付出了沉重的代价，但孙刘联盟的恢复，对蜀汉仍具有十分重要的意义。它使蜀汉的长江三峡边境，从此保持了较长时间的安定局面，也使

诸葛亮从此再无东顾之忧，可以腾出手来专心解决其他问题。

（二）奖善惩恶　整顿吏治

诸葛亮在建兴元年（223）恢复了与孙权的联盟之后，本想立即发兵南中，讨平叛乱，但丞相长史王连极力谏阻，以为南中乃不毛之地，疫疠之乡，诸葛亮不宜以一国之重，冒险而行。诸葛亮考虑诸将才不及己，意欲必往，而王连不断谏阻，言辞非常恳切，因此讨伐南中之役，只得暂缓进行。但更重要的原因是，诸葛亮经反复考虑后，认为国家新遭大丧，元气大伤，不便立即发兵，只能对南中之乱暂时采取抚而不讨的策略。在这种情况下，诸葛亮在建兴二年（224）除了务农殖谷、闭关息民外，更将主要精力用于推行法治。特别是在用人方面，坚持奖善惩恶，大力整顿吏治。

诸葛亮对德才兼备者坚决予以奖拔重用。例如，广汉绵竹人秦宓，字子敕，少有才学，州郡征辟，辄称疾不往。刘备定益州后，受辟为从事祭酒。但在章武元年（221）因极力劝阻刘备为关羽报仇伐吴，而被下狱幽闭。建兴二年（224），诸葛亮因秦宓具有专对之才，特别擅长外交辞令，便让他担任益州别驾，不久又拜左中郎将、长水校尉。当时正逢孙权派张温与殷礼报聘于蜀，他们离蜀之际，百官皆往饯行，而唯独不见秦宓。诸葛亮知道张温是东吴有名的舌辩之士，在饯别宴会上肯定会向蜀国人士发起问难，于是多次派人促请秦宓。秦宓到后，张温果然问他："君有学问吗？"秦宓答曰："蜀国五尺童子皆有学问，何必小看人。"温复问曰："天有头吗？"宓答："有头。"温问："在何方？"宓答："在西方。《诗经》曰：'乃眷西顾。'以此推之，头在西方。"温问："天有耳吗？"宓答："天居高而听下，《诗经》云：'鹤鸣九皋，声闻于天。'若天无耳，何以听之。"温问："天有足吗？"宓答："有。《诗经》云：'天步艰难，之子不犹。'若天无足，何以行之。"温问："天有姓吗？"宓答："有。"温问："何姓？"宓答："姓刘。"温问："何以知之？"宓答："天子（指刘禅）姓刘，以此知之。"温问："日不是生于东吗？"宓答："虽生于东而落于西。"（原文见《三国志·秦宓传》）秦宓答问如响，应声而出，使张温大为敬服，不但维护了孙刘联盟，而且维护了蜀汉的尊严。再如梓潼涪人杜微，字国辅，刘璋辟为从事，以疾去官。刘备定益州后，杜微以耳聋为由，闭门不出。建兴二年（224），诸葛亮请杜微担任主簿，杜微固辞，诸葛亮便派人用车接他到相府。因杜微耳聋，无法交谈，诸葛亮便当面给他写信说：久闻先生德行，无缘当面请教。我天性鄙陋，统领益州，德薄任重，时常忧虑。主公今年才十八岁，天姿仁敏，爱德下士。天下之人思慕汉室，我欲与君应天顺民，辅此明主，共同复兴汉室，著功青史。在诸葛亮的一再劝

说下，杜微终于出任主簿。但过了不久，杜微又以年老多病为由，上书求归，诸葛亮再次给他写信，劝说挽留。在诸葛亮的耐心劝说和诚心挽留下，杜微终于打消了辞职的念头，后来官至谏议大夫。另如犍为南安人五梁，字德山，以儒学节操著称，在建兴二年（224）也被诸葛亮用为功曹，后官至谏议大夫、五官中郎将。

在奖拔重用德才兼备者的同时，诸葛亮对违法乱纪者亦毫不留情地予以惩处。例如武陵临沅人廖立，字公渊，刘备领荆州牧时，辟为从事，年未三十又擢为长沙太守。建安十六年（211）冬刘备应刘璋之请而随法正入蜀后，诸葛亮留镇荆州。孙权见刘备的势力日渐强大，心存戒备，便派人向诸葛亮打听刘备身边出谋划策之人，诸葛亮特意提出庞统和廖立。诸葛亮当时之所以在刘备集团的众多士人中特意提出籍贯属于南方的庞统与廖立，目的有两个：一是说明刘备的事业不但得到北方的关羽、张飞、赵云等人的大力支持，而且在南方士人中也很得人心。二是廖立当时正任长沙太守，诸葛亮特意提出他，也是暗示孙权不可对长沙有非分之想。但廖立后来的表现，却使诸葛亮大为失望。建安二十年（215）孙权派吕蒙掩袭荆州的长沙、零陵、桂阳三郡时，身为长沙太守的廖立竟然弃城逃走。宽宏大量的刘备并未深责廖立，又以他为巴郡太守，但他却把政事搞得乱七八糟。刘备为汉中王后，征廖立为侍中。刘备死后，廖立侍梓宫而挟刃断人头于梓宫之侧。刘禅即位后，普增职号，又迁廖立为长水校尉。长水校尉是职位仅次于将军的高级官职，但廖立恃才自傲，并不满足。他认为以才能名望而论，诸葛亮应排第一，自己应排第二。他对自己身居中都护李严之下的长水校尉职务，非常不满，公开向诸葛亮提出，应该表奏自己为卿。不仅如此，廖立还对刘备、关羽进行诽谤；对长史王连、向朗，治中文恭，侍中郭演长进行攻击，认为他们都是凡俗之人，不堪重任。对于廖立这种身居高位而恶迹不可胜数的人，诸葛亮认为必须予以惩处，因此在建兴二年（224）上表刘禅，废廖立为民，将其流放到荒凉不毛的汶山郡。廖立在汶山郡率妻子耕殖自守，希望诸葛亮有朝一日能赦免自己，但诸葛亮至死也未赦免他，廖立遂终于汶山郡。

诸葛亮治蜀，法令严明，赏罚必信，无恶不惩，无善不奖。但当时也有人认为诸葛亮执法过严，指责他不行赦免。对此，诸葛亮解释道："治理国家要靠大的政策法令，不能靠赦免以行小恩小惠。西汉元帝的丞相匡衡、东汉光武帝的大司马吴汉，都劝皇帝不要轻行赦免。先帝（刘备）也说他和陈元方、郑康成交往时，经常受到二人的启发告诫，他们将治乱之道谈得很详尽，唯独不曾谈过赦免之事。如果像荆州牧刘表以及益州牧刘焉、刘璋父子那样年年实行赦免，则对治理国家并无好处。"（原文见《三国志·后主传》裴松之注引《华阳国志》）经过诸葛

亮的解释，人们便都理解了他不轻行赦免的原因，从而
提高了遵纪守法的自觉性。

奖善惩恶　整顿吏治

（三）攻心为上　平定南中

经过建兴二年（224）的务农殖谷、闭关息民，以及
奖善惩恶、整顿吏治之后，蜀汉的经济得到一定发展，

朝廷形势也已经稳定。在恢复元气之后，诸葛亮便决定亲自率众讨平南中之乱。

所谓南中，是指蜀汉所辖的今四川省南部及云南、贵州两省，因其地在蜀汉腹地之南，故称南中。说得更具体一些，是指当时益州所辖的益州郡（治滇池县，在今云南晋宁东）、永昌郡（治不韦县，在今云南保山东北）、越巂郡（治邛都县，在今四川西昌东南）、牂柯郡（治故且兰县，在今贵州贵阳以东，凯里以西）等四个少数民族聚居的边远地区。

早在章武三年（223）之前，益州郡渠帅雍闿杀死太守正昂，暗中遥通孙权，刘备乃以张裔继任益州郡太守。张裔径直至郡，雍闿煽动其众曰："张裔像个葫芦和空壶，外光而内粗，杀他不值得，把他捆起来送给东吴。"（原文见《三国志·张裔传》）于是将张裔缚送孙权。至章武三年（223）四月刘备死后，雍闿更加骄横不宾。都护李严给雍闿写信，晓以利害，雍闿在回信中竟说，天无二日，土无二主，今天下鼎立，三国并存，使他不知所从。这实际是想公开脱离蜀汉管辖。此年夏，雍闿公开降于孙权，孙权遥署雍闿为永昌郡太守。雍闿赴任时，永昌郡功曹吕凯与府丞王伉激励吏民，率众拒纳。雍闿无法进入永昌郡，乃使益州郡少数民族首领孟获诱煽诸夷，起兵叛乱。一时之间，牂柯郡太守朱褒、越巂郡夷王高定，皆叛应雍闿。

建兴三年（225）三月，诸葛亮亲率大军开始讨伐南中叛乱。朝臣送行数十里，临分别时，诸葛亮向参军马谡请教平定南中的策略。马谡说："南中诸郡，恃其险远，久不服从朝廷，虽今日破之，明日复叛。如欲将其消灭净尽，则既非仁者之举，且亦不能仓促成功。用兵之道，攻心为上，攻城为下，心战为上，兵战为下，请丞相采取攻心策略，使其心服。"（原文见《三国志·马谡传》裴松之注引《襄阳记》）马谡"攻心为上"的建议正与诸葛亮的想法相合，因为诸葛亮当年在"隆中对策"时早就提出过"西和诸戎，南抚夷越"，主张对西南少数民族实行"和"与"抚"的政策。所以，诸葛亮非常高兴地采纳了马谡的建议，以"攻心为上"作为平定南中的总体策略和指导思想，并专门为此而发布《南征教》，以统一部队的思想和行动。

讨伐南中的大军分作三路：诸葛亮进攻越巂郡，李恢进攻益州郡，马忠进攻牂牁郡。诸葛亮率领主力军进入越巂郡后，顺利攻克了郡治邛都县，捣毁了夷王高定的窟穴，并俘获其妻子。在此情况下，诸葛亮估计高定道穷计尽，将自首求生，但顽固不化的高定并未俯首投降，而是向南退至卑水县（今四川会理东北），杀人为盟，纠合其类二千余人，欲求死战。正在此时，前来支援高定的雍闿，被高定的部下杀死，诸葛亮乘敌方内部出现分裂之机，一举击杀高定，平定越巂郡。马忠进攻牂牁郡，诛杀朱褒，击破诸县，战事顺利，所至克捷。
李恢进攻益州郡时，益州郡诸县大相纠合，困李恢军于
昆明。当时李恢军少敌一倍，又与诸葛亮失去联系，处
境十分困难。在此情况下，李恢假称粮尽将退，愿与敌
方修好，南人信之，围攻怠缓。李恢乘机出击，大破敌
军，追亡逐北，南至盘江，东接牂牁，与诸葛亮声势
相连。

攻心为上　平定南中

　　就在三路大军各自获胜之际，孟获收集雍闿余众，
又集结于益州郡，继续对抗蜀军。诸葛亮于是会集三路
大军，开始耐心地与孟获作战。孟获是益州郡少数民族
首领，在当地有很高的声望，为夷汉各族人民所钦服。
为了达到"攻心"之目的，诸葛亮下令军中，对孟获只
能生擒，不许伤害。蜀军生擒孟获后，诸葛亮不但没有

杀他，反而让他观看蜀军的营阵，并问他："此军何如？"但孟获看了蜀军的营阵后却对诸葛亮说："过去不知虚实，所以失败。今蒙让我观看营阵，若只是如此，则肯定容易取胜。"（原文见《三国志·诸葛亮传》裴松之注引《汉晋春秋》）诸葛亮见孟获并不服气，也不与他争辩，只是笑了笑，便放他回去，再与蜀军交战。此后，孟获多次被俘，又多次被放。到了第七次被俘后，诸葛亮还要放他回去再战，孟获终于被诸葛亮"攻心为上"的诚心所感动，并对诸葛亮的军事才能心悦诚服，于是说："丞相真是神威，南人不再反叛了。"（原文见《三国志·诸葛亮传》裴松之注引《汉晋春秋》）孟获从此归顺诸葛亮，而南中四郡大体平定。

南中四郡平定后，诸葛亮来到孟获的大本营，即益州郡治所滇池县，着手处理平叛之后的善后事宜。这是一项比平叛本身更为艰巨复杂的任务。为了继续实行"攻心为上"的策略，诸葛亮当时采取的主要措施是，在南中地区不留外人，而大量起用当地夷人及汉人中的上层人物为官吏。但有些人却不理解这一做法，对诸葛亮加以劝谏，诸葛亮便向他们加以解释，意思是说：如果留外地官吏治理南中，则必须留兵保护他们，这样军粮便成了问题，此其一。如果留外地官吏而不留兵保护他们，则夷人便会乘机为新近战死的父兄报仇，必然酿成祸患，此其二。夷人多次犯有废杀外地官吏的罪行，自己怀疑双方关系的裂痕太大，如果留外地官吏，夷人终究不敢相信他们，此其三。以上三种情况，都不好办。最妥当的办法就是用当地的夷人和汉人自治，这样就可以在不留兵、不运粮的情况下，使南中地区纲纪初定，夷汉相安。经过诸葛亮的解释，大家的认识都统一了。

为了便于管理，诸葛亮又对南中的行政区划进行了调整：改益州郡为建宁郡。从建宁郡与永昌郡分地增设云南郡，从建宁郡与牂牁郡分地增设兴古郡。这样，原来的南中四郡（益州、永昌、越巂、牂牁），经过调整后，成为建宁、永昌、云南、越巂、牂牁、兴古六郡。而统辖南中的庲降都督及六郡太守，主要由当地人担任。例如：

李恢是建宁郡（即原益州郡）俞元县人，从政之始就在建宁郡任督邮，他的姑夫爨习，出于当地少数民族大姓，曾任建宁郡建伶县令。正因为李恢是建宁郡人，与当地少数民族有很深的渊源关系，所以早在章武元年（221），当庲降都督邓方死后，刘备就以李恢继任庲降都督。当李恢临上任时，诸葛亮曾给他写信表达依依惜别之情，并送给他毛织地毯一件，以表心意。庲降都督是蜀汉所设的统辖南中诸郡的最高官职，其治所在建宁郡所辖的味县（今云南曲靖）境内之庲降。但由于味县距建宁郡治所滇池县（今云南晋宁东）较近，而滇池县当时被雍闿所控制，因此，为了安全，庲降都督一直暂驻

牂牁郡的平夷县。诸葛亮讨伐南中时，也因李恢是建宁郡人，对当地情况很熟悉，所以专门派他率军进攻建宁郡。南中平定后，李恢以军功被封为汉兴亭侯，加安汉将军。不久，诸葛亮又让他以庲降都督的身份兼任建宁郡太守，在统摄南中诸郡的同时，兼理建宁郡。

吕凯是永昌郡不韦县人，从政之始就在永昌郡任五官掾功曹。永昌郡在今云南省西部，远离蜀汉国都成都，道路壅塞，不易联系，而其东面与雍闿所在的益州郡接邻，北面与夷王高定所在的越巂郡接邻，多年以来，不断受到叛军的威胁。但吕凯身处困境，不畏威逼，不为利诱，坚决反对叛乱。特别是在章武三年（223）夏天，当雍闿被孙权遥署为永昌郡太守而赴任时，吕凯与府丞王伉激励吏民，率众拒纳雍闿，立下大功。在诸葛亮讨伐南中时，吕凯与王伉又坚守永昌郡，有力地配合了诸葛亮的军事行动，再立新功。所以在南中平定之后，诸葛亮特向刘禅上表，表彰吕凯和王伉，并以吕凯为云南郡太守，王伉为永昌郡太守。史称吕凯"守节不回"，"威恩内著，为郡中所信"（《三国志·吕凯传》），称王伉"亦守正节"（《三国志·吕凯传》裴松之注引《蜀世谱》），而诸葛亮以此二人分别担任云南郡太守和永昌郡太守，对稳定南中局势起了很大作用。

当然，诸葛亮也并非一律不用外人治理南中。在治理南中的用人标准上，诸葛亮虽然首先注意选用当地人，但只要能坚持"攻心为上"的策略，并取得南中各族人民的信任，即使是外地人，也照样任用。例如前面提到的永昌郡太守王伉，祖籍蜀郡，就并非永昌郡人，但因他在诸葛亮讨伐南中之前十多年，已任职于永昌郡，且深受当地夷汉各族人民的信任，所以诸葛亮在平叛之后以他为永昌郡太守，也就自然是情理之中的事情了。

另有马忠，在诸葛亮平定南中后，被任命为牂牁郡太守。马忠祖籍虽为巴郡阆中县，并非牂牁郡人，但因他在任职期间善于抚育恤理，甚有威惠，所以深受当地夷汉各族人民的爱戴。建兴八年（230）马忠曾被调离牂牁郡，回成都任丞相参军。建兴九年（231）庲降都督李恢卒，诸葛亮以张翼继任，但因张翼只知用严刑峻法治理南中，而不知攻心为上，所以南中渠帅刘胄于建兴十一年（233）又发动叛乱。在此情况下，诸葛亮又派马忠去到南中，接替张翼为庲降都督。马忠第二次到南中后，斩杀叛乱的首恶刘胄，南中复平。此时他的职责已不是只治理牂牁一郡，而是统摄南中诸郡。他将庲降都督的治所由过去的暂时驻地牂牁郡的平夷县，正式西移至建宁郡的味县，有意使自己身处民夷之间，以便与当地的少数民族搞好关系。由于马忠为人宽厚，颇有度量，善于诙谐调笑，即使愤怒亦不形于色，加之处事果断，威恩并立，因此少数民族都对他畏而爱之。马忠死后，少数民族纷纷吊丧，流涕尽哀，并为之立庙，四时祭祀。

如果说南中地区的庲降都督及各郡太守这些高级职务还适当挑选了一些外地人担任的话，那么，各郡的属吏及大量的县级官吏则基本由当地人担任。由于郡吏及县级官吏直接与老百姓接触，便于体察民情，因此，由当地人担任这些基层官吏，对稳定南中地区的局势，起着至关重要的作用。

除了在南中地区就地安排当地人做官外，诸葛亮还选拔南中地区一些德高望重的耆旧豪帅，到蜀汉朝廷任职，例如孟获，就被任为御史中丞。这样，就便于沟通南中地区与中央政府的关系，既可下情上达，使南中地区的情况及时被朝廷所掌握，又可上情下达，使朝廷的政令在南中地区畅通无阻。

诸葛亮通过"攻心"策略，虽使南中地区大体上得以平定，但南中地区并非自此毫无动乱。实际的情况是，局部动乱仍然时有发生。例如，除了前面提及的南中渠帅刘胄于建兴十一年（233）发动叛乱外，史书又载有越巂郡的叛乱。诸葛亮讨平夷王高定之后，越巂郡的少数民族仍然多次反叛，接连杀死两任太守龚禄、焦璜，致使此后的太守不敢到该郡治所邛都县上任，只能暂驻在远离治所八百里之外的安上县，越巂郡只是徒有虚名，其实完全被叛乱者所控制。这种情况应该说是非常严重的。一直到延熙三年（240），当时诸葛亮已死多年，蜀汉朝廷才下决心彻底解决越巂郡的叛乱问题，派张嶷出

任越嶲郡太守。张嶷果断地进入郡治邛都县，对夷人示
以恩信，并对其渠帅魏狼，采取当年诸葛亮对待孟获的
办法，生擒之后，又放他回去招抚余类，并拜表魏狼为
邑侯，使其种落三千余户皆安土供职。由于张嶷处置措
施得当，因此蛮夷皆服，颇来降归。所以，蜀汉对南中
叛乱问题的彻底解决，实际是在诸葛亮去世多年之后才
得以完成的。

但是，诸葛亮在处理南中问题上的功劳和贡献毕竟
是巨大的。第一，从基本的事实看，自建兴三年（225）
诸葛亮讨伐南中之后，南中地区虽然仍发生过局部的动
乱，但终诸葛亮之世，再未发生过牵动全局的大叛乱。
第二，诸葛亮当年在"隆中对策"时提出"西和诸戎，
南抚夷越"的主张，后来又采纳马谡的建议，从而为处
理南中问题制定了"攻心为上"的总体策略和指导思想，
并采取以当地人自治的具体做法，这则是更大的功劳和
贡献。"攻心为上"这一策略的正确性，不但被孟获诚心
归服诸葛亮的事实所证明，而且被后来的大量事实所证
明。凡是坚持"攻心为上"者，南中地区就平安无事，
如前述李恢、马忠、张嶷等人的做法；凡是违背"攻心
为上"者，南中地区就会发生动乱，如前述张翼的做法。
清人赵藩题成都诸葛武侯祠的对联曰："能攻心则反侧自
消，从古知兵非好战；不审势即宽严皆误，后来治蜀要
深思。"赵藩对诸葛亮的"攻心"策略及其审时度势、以

定宽严的灵活做法，都给予高度而准确的评价，可谓一语中的。本来，诸葛亮从总体上坚持以法治蜀的方针，强调严刑峻法，这是他吸取刘璋治蜀期间纲纪不振、威刑不肃的教训后，审时度势而制定的方针。但是，南中是少数民族聚居的地区，情况与蜀汉腹地大不相同。如果在南中地区也实行严刑峻法，则肯定不会奏效，只能适得其反。所以，审时度势对制定方针政策就显得特别重要，情况不同，方针政策的宽严程度亦应不同。应严而宽，固然不对；应宽而严，同样不对。而诸葛亮对南中这一特殊地区，采取特殊的"攻心"策略，政策尺度较宽，这正是他审时度势的灵活做法。

诸葛亮平定南中，意义非常重大。首先，南中的平定，使诸葛亮此后再无后顾之忧，能够专心准备并进行北伐。其次，南中平定后，使内地比较先进的农业技术和手工业技术得以在南中传播，对发展当地的经济起了很大的促进作用。再次，南中的平定，为蜀汉补充了不少人力和物力，使蜀汉的国力得以增强。蜀汉在三国之中本来面积最小，人口最少，财力物力亦极有限，如果南中地区再叛乱割据，则会雪上加霜，使国力更加削弱。南中平定之后，国家不但不必再为南中投入大量人力物力，反而可以从南中调拨兵员和财物，这对蜀汉来说，无疑是绝大的好事。

诸葛亮于建兴三年（225）三月出兵讨伐南中，十二

月返回成都，往返历时整十个月。

（四）调整人事　上表出师

诸葛亮自建兴三年（225）十二月由南中返回成都后，直至建兴五年（227）二月，用了一年多时间集中做出师北伐的准备工作。准备工作的重点除了"治戎讲武"之外，更主要的是对人事进行调整，特别是对几个关键人物和要害部门的职务重新进行安排。

首先是关于李严驻防地的调动。李严字正方，荆州南阳郡人，少为郡吏，以才干著称。荆州牧刘表很器重他，让他担任南郡秭归县宰。建安十三年（208）曹操进攻荆州时，李严由秭归入蜀，投奔益州牧刘璋。建安十八年（213）刘璋派李严至绵竹县抵御刘备，而李严降于刘备。李严降刘备后，立功颇多，封为辅汉将军，兼任犍为郡太守。章武二年（222）刘备兵败夷陵后，征李严到白帝城（原为鱼复县治所，刘备章武二年改鱼复县为永安县后，治所仍在白帝城），拜为尚书令。章武三年（223）四月刘备临去世时，李严与诸葛亮并受遗诏，辅佐刘禅。诸葛亮于五月返回成都时，以李严为中都护，统内外军事，留镇白帝城。在当时蜀国的大臣中，李严是权力与地位仅次于诸葛亮的第二重臣，而他在留镇白帝城将近三年的时间里，任务完成得也确实很出色。对此，诸葛亮深表满意，曾在给孟达的信中称赞李严部署

工作如同流水一样迅速，处理问题和决定取舍，相当果断敏捷，从不滞留。正因为李严是托孤重臣，而且镇守白帝城时功绩卓著，所以，诸葛亮在为准备北伐而进行人事调整时，首先想到了李严。于是，在建兴四年（226）春天，诸葛亮奏拜李严为前将军（相当于当年关羽的官职），让他率大军由白帝城移驻江州县（今重庆市），而留护军陈到接替李严驻屯白帝城，并归李严统辖。

调整人事　准备北伐

　　诸葛亮调李严至江州的目的，是为了在自己出师北伐期间，让李严主持大后方的军事。但以陈到接替李严驻屯白帝城，却引起一些人的担心，因为白帝城在今四川省奉节县东白帝山上，扼长江三峡的西口，与东吴控制的荆州为邻，是蜀国东部边境的军事重镇，战略位置非常重要。对于白帝城的安全问题，不但蜀汉人为之担心，连诸葛亮的兄长诸葛瑾也专门从东吴写信给诸葛亮，认为白帝城的兵力有两点值得担心：一是兵不精练，二是人数太少。针对这两点，诸葛亮回信分别予以解释：陈到所督之兵，是过去刘备帐下的白毦兵（佩戴有牦牛尾标志的兵士），全为蜀国精锐兵士。如嫌人数太少，则将再抽调江州兵予以补充。

其实，无论诸葛亮怎么解释，但自李严调离白帝城后，蜀国在白帝城的兵力有所削弱，却是事实。而诸葛亮之所以敢从白帝城调走李严的重兵，关键原因还在于当时孙刘两家关系融洽，诸葛亮为了集中兵力准备北伐，已无必要将大量兵力投放于东线的白帝城。前文曾谈过，自孙刘联盟恢复之后，孙权便将与蜀汉联系的大权交给镇守荆州的陆逊，使陆逊在此后很长一段时间内实际上起着孙权与诸葛亮相互联系的中介作用。到了建兴四年（226）诸葛亮从白帝城调离李严时，陆逊仍镇守荆州，孙刘两家的关系仍然很好。例如，诸葛亮刚从南中返回，便以费祎为昭信校尉，出使东吴；建兴四年（226）之后，费祎作为信使，又频使东吴。再如，孙权想让诸葛瑾的儿子诸葛恪典掌军粮，而此事非诸葛恪所长，诸葛

亮怕自己的侄子不能胜任，便写信给陆逊说："家兄年老，而诸葛恪性情粗疏。今吴主让他主管粮谷，粮谷是军队最重要之物，我虽在远方，也暗自因此而不安。请您特为启告吴主，给诸葛恪调换一下。"（原文见《三国志·诸葛恪传》裴松之注引《江表传》）陆逊把诸葛亮的意见转奏给孙权后，孙权便改让诸葛恪领兵，不再让他典掌军粮。从以上事实可以看出，当时孙刘联盟是相当稳固的。而诸葛亮之所以敢从白帝城调走李严的重兵，主要原因正在于此。

其次是提拔张裔为留府长史，主持丞相府工作。张裔字君嗣，益州蜀郡成都县人，专治《公羊春秋》，博涉《史记》、《汉书》，曾举孝廉，为刘璋帐下司马。建安十九年（214）诸葛亮率张飞、赵云入蜀支援刘备时，张裔在德阳县的陌下抵抗张飞，战败后逃回成都。不久归降刘备，历任巴郡太守、司金中郎将。后来益州郡渠帅雍闿杀死太守正昂，暗中遥通孙权，刘备乃以张裔继任益州郡太守。张裔至郡后，被雍闿缚送孙权。刘备死后，诸葛亮于建兴元年（223）九月派邓芝出使东吴，与孙权修好，并顺便请孙权将张裔放回。张裔在东吴数年，到处转移躲藏，隐姓埋名，孙权根本不知道他，以为他只是普通人而已，所以便答应放他。张裔临行时，孙权召见他，并问："蜀卓氏寡女，亡奔司马相如，贵土风俗何以乃尔乎？"（《三国志·张裔传》）孙权所问，是指卓文君私奔司马相如之事。卓文君是西汉临邛（今四川邛崃）大富商卓王孙之女，寡居在家，成都大文人司马相如过饮于卓氏，以琴挑之，文君遂夜奔相如，同归成都。后因家贫，二人又返临邛以卖酒为生，文君当垆，相如与佣保杂作。卓王孙深以为耻，分给部分财物，使回成都。孙权提此问题，意在说明蜀国自古社会风气不好，借以挖苦张裔。但应对敏捷的张裔却接着答道："愚以为卓氏之寡女，犹贤于买臣之妻。"（《三国志·张裔传》）张裔所答，是指朱买臣妻嫌贫改嫁之事。朱买臣是西汉吴（今江苏苏州）人，家贫而好读书，经常一边砍柴一边背书，其妻嫌贫而改嫁他人。后来买臣至长安，受到汉武帝的重用而出任会稽郡太守。当他赴任进入吴境时，当地官吏命百姓洒扫道路，买臣发现其妻及后夫亦在其中。买臣命人用车载其妻及后夫俱至太守官舍，置园中而给衣食。居一月，其妻羞愧而自杀。张裔提及此事，意在说明东吴自古社会风气尚不如蜀国，借以回敬孙权。孙权又问了其他一些尖锐问题，张裔都针锋相对地予以巧妙回答。张裔告别孙权后，深悔自己未能装愚守拙，不该锋芒毕露，他估计孙权可能反悔，追他回去，于是立即上船，倍道兼程。果然不出张裔所料，孙权很器重张裔的才能，后悔不该放他，派人急追，但张裔已过三峡，进入蜀境。诸葛亮得知张裔排除万难，返回蜀国后，对他大加称赏，以他为参军，署府事，又领益州治中从事。

　　但张裔有个明显的缺点，就是心胸狭窄。张裔原与杨洪亲善，但在他流落东吴期间，其子张郁为蜀郡吏，因微过受到郡守杨洪的责罚，张裔返蜀后闻之，深以为恨，与杨洪情好日损。后来诸葛亮以岑述为司盐校尉，张裔又与岑述不和，至于愤恨。到了建兴五年（227）春天，诸葛亮即将离开成都前往汉中时，想提拔张裔为留府长史。所谓留府长史，就是在丞相外出期间留守丞相府的秘书长，其职责是代替丞相主持日常工作。由于留府长史的职位非常重要，因此诸葛亮曾就此征求过杨洪的意见。杨洪认为张裔之才，确实可以胜任，但其性不公，恐不宜任留府长史，并建议以向朗为留府长史，让张裔随诸葛亮出征，以便约束。但诸葛亮实际上倾向于任用张裔，并未接受杨洪的建议。不过诸葛亮又认为，如果张裔的缺点不加以克服，则会于事有害，于是给张裔写信说："你过去在陌下，营垒被张飞攻破，我为你的安全担心，以至食不知味；后来你流落东吴，我又为你悲伤叹息，以至寝不安席；等到你返回蜀国，我委你以重任，与你同辅朝廷，自以为我们之间的交情够得上古代的金石之交了。按金石之交的原则，即使荐举仇人以利国家，割舍骨肉以明无私，尚且不能推辞，何况我只是看中岑述，让他担任司盐校尉，而你就不能容忍吗？"（原文见《三国志·杨洪传》）诸葛亮此信，从他与张裔昔日的友谊谈起，对张裔晓以大义，要他克服心胸狭窄

的缺点，与人搞好团结。经过诸葛亮耐心的劝说和教育，张裔克服了自己的缺点。诸葛亮于是提拔张裔为留府长史，主持丞相府的工作，并让参军蒋琬辅助他。

再次是对宫廷要职进行调整，并罢免旧臣来敏。来敏字敬达，荆州南阳郡新野县人，出身世家，其父来艳，汉灵帝时位至司空。汉末大乱，来敏因姐夫黄琬是刘璋的亲戚，乃入蜀为刘璋宾客。刘备定益州后，来敏散布流言，制造混乱。刘备因他语言不节，举动违常，本不想用他，但又考虑到益州初定，且来敏博学多识，长于《左传》，尤精文字训诂，遂以他为典学校尉。刘备称帝后，立刘禅为太子，当时尚书令刘巴推荐来敏为太子家令，刘备虽然不高兴，但也未加拒绝。刘禅即位后，来敏以东宫旧臣一直担任虎贲中郎将（统领皇宫卫士的官长）。到了建兴五年（227）初，诸葛亮在即将北伐时，考虑到二十一岁的皇帝刘禅，尚不能明辨是非，必须有正直之人任以宫省之事，于是将黄门侍郎董允提拔为侍中，并兼任虎贲中郎将，让他与郭攸之、费祎、向宠、陈震等共同负责宫中政事及宿卫。董允就是敢于向诸葛亮提出不同意见而大受诸葛亮称赞的董幼宰之子，他与郭攸之、费祎、向宠、陈震等都是秉心公亮、志虑忠纯的正直之士。因董允所兼任的虎贲中郎将一职，原为来敏所任，为了解决这个矛盾，诸葛亮便改任来敏为军祭酒、辅军将军。但是，此时已年过六旬的来敏，又犯了

语言不节、举动违常的老毛病。他对诸葛亮以董允代替
自己为虎贲中郎将的安排极为不满，公开散布怨言，诬
称董允无功无德，说诸葛亮有意剥夺自己的荣誉地位给
董允，并认为人们之所以憎恨自己，是由于诸葛亮安排
不当所致。诸葛亮听到来敏的怨言后，认为此事非同小
可，因为来敏自为太子家令起，就一直在刘禅身边，现
在临将北伐之际，他又散布怨言，如果让他继续任职，
日后定会扰乱宫廷。出于这样的考虑，诸葛亮便奏明刘
禅，罢免了来敏刚刚担任的军祭酒及辅军将军职务，让
他闭门思过。来敏被罢免后，终诸葛亮之世，未曾复出，
使诸葛亮在以后的屡次北伐中都免去宫廷之忧。然而来
敏被罢免后并未闭门思过，诸葛亮死后，他又出而任职，
但仍因语言不节，举动违常而数被贬削。不过，因为他
是荆楚名族，东宫旧臣，刘禅对他特加优待，故能屡废
屡起，一直活到九十七岁而寿终。

　　以上所谈诸葛亮对李严、张裔、董允等人职务的重
新安排以及罢免旧臣来敏，所涉及的都是蜀国的要害部
门：李严以前将军的身份移驻江州，主持大后方的军务；
张裔以留府长史的身份主持丞相府的工作；董允以侍中
兼虎贲中郎将的身份统领宿卫亲兵，负责宫廷大事；罢
免来敏，目的是预除宫廷隐患。诸葛亮估计到，自己出
师北伐，可能旷日持久，不会在短期内结束；此次离开
成都，亦不知何日返回。因此，只有把后方的一切问题，

特别是人事安排问题处理妥当后，他才决定离开成都。

临出发前，诸葛亮向刘禅上了一道奏表，这就是流传千古的《出师表》。诸葛亮在奏表中对刘禅说："先帝（刘备）创业未半而中途去世，今天下三分，蜀国最弱，此诚危急存亡之时。但在此情况下，侍卫之臣不懈于内，忠志之士忘身于外者，是因为他们追念先帝的知遇之恩，欲报答于陛下。因此，陛下应广泛听取群臣的意见，以光大先帝的美德，弘扬志士的气概；不应妄自菲薄，说话不当，以堵塞忠谏之言路。皇宫与相府，本是一个整体，奖善惩恶，应该一视同仁。若有作恶犯法及尽忠为善之人，应交给主管部门判定刑赏，以昭示陛下公平清明之政治；不应偏袒和怀有私心，使宫廷内外执法有异。侍中、侍郎郭攸之、费祎、董允等，都是善良诚实、志虑忠纯之人，因此先帝选拔他们，以留给陛下。臣以为，宫中之事，无论大小，都要征询他们的意见，然后施行，这样必然能弥补缺点和疏漏，有所广益。将军向宠，性情善良，品行公正，通晓军事，试用于昔日，先帝称他有才能，因此大家公议后推举向宠为中都督。臣以为营中之事，都要征询他的意见，这样必然能使行阵和睦，优劣得所。亲近贤臣，疏远小人，这是前汉之所以兴隆的原因；亲近小人，疏远贤臣，这是后汉之所以倾颓的原因。先帝在世时，每与臣论及此事，未尝不对桓、灵二帝的做法表示叹息和哀痛遗憾。现在担任侍中、尚书、

长史、参军的人，都是忠贞贤良、能以死报国的臣子，
愿陛下能亲之信之，如此，则汉室之兴，可计日而待。
臣本为平民，躬耕南阳，苟全性命于乱世，不求闻达于
诸侯。先帝不以臣低微鄙俗，自辱身份，枉驾屈尊，三
次访臣于草庐之中，问臣以当世之事，使臣由此感激，遂

北伐前夕　诸葛上表

答应为先帝奔走效劳。后来遭遇倾覆，臣在兵败之际接受重任，在危难关头奉命出使江东，从那时以来，已有二十一年了。先帝知臣谨慎，故临终托臣以国家大事。受命以来，日夜忧叹，深恐所托之事没有成效，以伤先帝之英明，故五月酷暑，率军渡过泸水，深入南中不毛之地。今南方已定，兵力已足，当奖率三军，北定中原，尽臣驽钝之才，铲除奸凶之敌，兴复汉室，还于旧都。此乃臣用以报答先帝而忠于陛下的职责。至于斟酌利弊，尽忠进言，则是郭攸之、费祎、董允等人的责任。愿陛下将讨伐曹贼、兴复汉室的重任托付于臣，并责以成效；若无成效，则治臣之罪，以告先帝之灵。若无振兴贤德的言论，则责备郭攸之、费祎、董允等人的怠慢，以彰显他们的过失。陛下也应自我谋划，以向群臣询问好的治国之道，明察并采纳正确的意见，深深追念先帝的遗诏。臣受大恩，不胜感激。今当远离，临表涕零，不知所言。"（原文见《三国志·诸葛亮传》）

　　诸葛亮在此奏表中，追叙了自己所受刘备的知遇之恩与托孤重任，以及二十多年来对刘备事业的耿耿忠心，表达了自己报效朝廷、出师北伐、平定天下、兴复汉室的雄心壮志，以及临别依依、不能自持的一片真情；劝勉叮咛刘禅要亲近贤臣，疏远小人，咨诹善道，察纳雅言，振作精神，发愤图强。通篇文章，情感真挚，尤其在对刘禅的劝勉叮咛方面，周详备至，明白切实，情出

肺腑，百转千回，读后十分感人。

刘禅览表后批准了诸葛亮的出师请求。诸葛亮又代刘禅草拟了伐魏诏书，发布天下，然后出师。

（五）进驻汉中 策反孟达

建兴五年（227）三月，诸葛亮率大军离开成都，进驻汉中郡，扎营于沔阳县（今陕西勉县东）阳平关之石马山。但这并非北伐的正式开始，而是继成都准备工作之后，进入汉中准备工作阶段。

诸葛亮到达汉中后，尽管身边有不少文官武将，但他仍觉得人才不足，于是选调广汉郡太守姚伷为属官。姚伷到任后，又向诸葛亮推荐了一批具有不同性格和专长的文武之士，诸葛亮非常高兴地说："对国家忠诚有益之事，莫大于推荐人才，但推荐者却各自致力于推荐其所崇尚之人。现在姚伷同时推荐了有刚有柔的各种人才，以补充文官武将之用，他可称得上是心胸开阔、作风纯正的人了。希望诸位属官各自效法此事，以满足国家对人才的需求。"（原文见《三国志·杨戏传》）

诸葛亮在汉中十个月的准备工作中，除了继续招纳贤才，整治戎旅，屯耕殖谷，积蓄粮草外，则把主要精力用于策反孟达。

进驻汉中　招纳贤才

　　孟达，本字子敬，因避刘备叔父刘敬之讳，改字子度，扶风人，原为益州牧刘璋属吏。建安十六年（211）冬，孟达与法正奉刘璋之命各率兵两千到荆州迎刘备入蜀，刘备令孟达并领法正之众，留驻荆州。刘备平蜀后，以孟达为宜都郡（刘备分南郡所置，治所在今湖北宜都西北，宜昌东南）太守。建安二十四年（219）五月刘备占领汉中后，命孟达由秭归县北攻房陵郡（建安间分汉中郡所置，治所在今湖北房县）。孟达夺得房陵郡后，又准备西改上庸郡（建安间分汉中郡所置，治所在今湖北竹山西南）。刘备怕孟达力难独任，便派养子刘封自汉中沿汉水东下，统领孟达之军，与孟达共围上庸郡，上庸郡太守申耽与其弟申仪举众而降。刘备仍以申耽为上庸郡太守，并以申仪为西城郡（刘备分汉中郡所置，治所在今陕西安康西北）太守。房陵、上庸、西城三郡，东北与曹操控制的河南地区相邻，东南与关羽镇守的荆州地区相邻，西边与刘备新占领的汉中地区相邻，战略位置非常重要。为了保证三郡的稳定，刘备提升刘封为副军将军，让孟达协助刘封，共同坐镇上庸郡以统摄之。

建安二十四年（219）冬，吕蒙偷袭荆州后，关羽在危难之时接连派人到上庸郡，命刘封与孟达发兵救援，但刘封与孟达以山郡初附、未可轻动为由，不承羽命。关羽败亡后，刘备对刘封与孟达恨之入骨，使孟达非常害怕。更令孟达心中不快的是，刘封以刘备养子的优越身份，经常凌辱孟达，甚至夺走孟达的随军乐队。孟达既怕刘备因关羽之死而降罪，又不能忍受刘封的凌辱，于是在建安二十五年（220）七月向刘备写了辞别表章后，率部曲四千余家降于曹丕（此年正月曹操死，曹丕继位为魏王，十月称帝）。

孟达降魏后，刘封仍坚守房陵、上庸、西城三郡。曹丕派夏侯尚与徐晃随孟达共击刘封，在发起进攻之前，孟达给刘封写信，劝他降魏。信的中心内容是分析刘封与刘备之间的关系，说明刘备绝对不可能相信刘封，劝刘封早日叛蜀降魏。刘封原本姓寇，当年刘备刚到荆州投奔刘表时，因未有继嗣，遂养封以为子，改姓刘。其人武艺高强，气力过人，每逢战阵，所在克捷，立功颇多，益州平定后，被封为副军中郎将。刘备收养刘封后不久，在建安十二年（207）有了长子刘禅，从此，刘封作为刘备继承人的可能性已不复存在。对此，刘封本人并不在意，但孟达在给刘封的信中却就此大做文章，挑拨离间。尽管孟达的信很有煽惑性，但刘封始终不为所动。在劝降不成的情况下，孟达与夏侯尚及徐晃发起进攻，而西成郡太守申仪与上庸郡太守申耽，又同时降魏，助攻刘封。刘封兵败逃回成都后，刘备怒其不救关羽，又责其凌辱逼反孟达；诸葛亮也考虑刘封性情刚猛，将来难以制御，劝刘备除之。于是，刘封被赐死。

孟达降魏，并赶走刘封，为魏夺得房陵、上庸、西城三郡，使魏王曹丕非常高兴。当时曹丕正在其老家谯县（今安徽亳县）大飨六军及当地父老百姓，他早就闻知孟达的大名，只是从未见面，便派贵臣中有见识的人去看望孟达。派出的人返回后，有的称孟达是将帅之才，有的称孟达是卿相之器。曹丕于是更加敬佩孟达，便给孟达写了一封信，对他的降魏之举给以高度评价。孟达到谯县进见曹丕时，举止闲雅，才辩过人，群臣莫不瞩目，曹丕更加高兴。曹丕以孟达为散骑常侍、建武将军，封为平阳侯，并将房陵、上庸、西城三郡合为新城郡，让孟达兼任新城郡太守，驻守上庸城，委以西南之任。

当时群臣中有人认为孟达言行奸巧，虚浮不实，不宜委以一方重任，劝曹丕不要宠之太过。行军长史刘晔更明确进言，认为孟达极不可靠，而新城郡之地理位置又极重要，以后若有变故，必然带来祸患。但曹丕却向群臣担保孟达日后不会出事，并认为即使孟达日后叛魏，但对魏国来说，也不过如同以蒿箭射入蒿中，贱不足惜。曹丕既对孟达非常宠信，而大臣中的桓阶、夏侯尚等人又与孟达亲善，因此，孟达在降魏之后的最初几年里，心情颇为愉快。

到了蜀汉建兴三年（225）底，诸葛亮平定南中返回成都的途中，在汉阳县（今四川高县）遇到专门前来拜见的魏国降人李鸿。李鸿向诸葛亮介绍了关于孟达的一些近况：李鸿说他前不久经过孟达处，正好见到从蜀国投降魏国的王冲。王冲向孟达造谣说，当年孟达降魏，诸葛亮切齿痛恨，要杀孟达妻子，幸亏刘备不许，才未杀成。但孟达并不相信王冲的谣言，说诸葛亮待人有始有终，绝不会因自己降魏而诛杀自己的妻子。

李鸿介绍关于孟达的以上情况时，蒋琬与费诗均在座，诸葛亮便对二人说："返回成都后将给孟达写信。"（原文见《三国志·费诗传》）费诗向诸葛亮进言说，孟达过去对刘璋不忠，后来又背叛蜀国，是个反复无常的小人，不值得给他写信。诸葛亮听了费诗的话以后，"默然不答"（《三国志·费诗传》）。诸葛亮的"默然不答"，不但说明他坚持要给孟达写信，而且说明他有一个战略性的谋划，只是当着降人李鸿，不便明言而已；即使对蒋琬、费诗这样的知己部属，也不宜过早声张。

　　诸葛亮之所以坚持要给孟达写信，目的乃是"欲诱达以为外援"（《三国志·费诗传》），也就是秘密地策反孟达，使他在诸葛亮出兵北伐曹魏时，予以援助呼应。这确实是一个具有战略意义的谋划。自关羽败亡，荆州丢失之后，诸葛亮原先在"隆中对策"中提出的从荆州和益州两路出兵北伐的设想化为泡影。现在秘密策反孟达，可以说是重新实现两路出兵的一个补救措施。孟达统率的新城郡兵力，虽然远远不能与当年关羽统率的荆州兵力相比，但从地理位置上讲，新城郡较之荆州，距中原的宛、洛地区却更为近便。如果策反孟达之事真能成功，那么，在诸葛亮率主力从西线出兵北伐时，孟达便可率偏师在东线予以配合。

　　正是基于以上考虑，所以诸葛亮在返回成都后，于建兴四年（226）春天给孟达写了第一封信，用以联络感情，并进行试探。诸葛亮在信中先说自己从李鸿处得知孟达的消息后，感慨万千，长叹不已；再说根据自己对孟达平素志向的观察，孟达并非只知追求虚名地位而以背叛为荣之人，其不得已而暂时投奔曹魏，实由刘封伤先帝待士之义而凌辱孟达所致；又说孟达不信王冲的谣言，足见其对自己已了解甚深；最后追叙昔日的友谊，抒

发依依东望、遥致书信的情意。

　　孟达收到诸葛亮的秘密来信后，果然产生了反正归蜀的念头。不久，到了蜀汉建兴四年（226）五月，魏文帝曹丕去世，其子曹叡即位，是为魏明帝。当时的情况

秘密致书　策反孟达

对孟达极为不利：曹叡并不像曹丕那样宠信孟达，此其一。孟达的好友桓阶、夏侯尚等人也都去世，朝中再无人替他说话，此其二。孟达以蜀汉降人久居疆界，镇守魏国的新城郡，难免使魏人生疑，此其三。因为这些原因，遂使孟达心中更不自安，对自己六年前（220年七月）投降曹魏产生后悔之意。在此情况下，孟达开始与诸葛亮暗中进行联系。

建兴五年（227）三月诸葛亮进驻汉中之后，孟达与诸葛亮的联系更为方便，联系次数也更为频繁。而诸葛亮也把主要精力用于策反孟达。

但是，就在诸葛亮与孟达频繁进行秘密联系之时，魏明帝于蜀汉建兴五年（227）六月派司马懿进驻宛县（今河南南阳），总督荆、豫二州诸军事。司马懿字仲达，河内郡温县人。出身世族，初被辟为曹操丞相府文学掾，屡转至丞相主簿。曹操封魏王后，司马懿迁太子中庶子。曹丕称帝后，司马懿累迁尚书右仆射、抚军大将军。曹丕临死时，司马懿与曹真、陈群等并受顾命，辅佐曹叡。其人猜忌多权变，善奇策异谋，为三国时期著名军事家和谋略家。当年建议曹操派人劝孙权偷袭荆州以解樊城之围，致使关羽败亡者，即为此人。现在，司马懿进驻宛县，对诸葛亮策反孟达的工作，构成极大的威胁。

司马懿进驻宛县后，诸葛亮怕夜长梦多，发生变故，便派人催促孟达尽早举事，而孟达却举棋不定，犹豫徘

徊。为了促使孟达尽早举事，诸葛亮想起了孟达与申仪之间的矛盾，想利用这个矛盾尽早促成其事。前文曾谈过，申仪是申耽之弟，在建安二十四年（219）五月刘封与孟达围攻上庸郡时，二人同时降蜀，刘备仍以申耽为上庸郡太守，以申仪为西城郡太守。到了建安二十五年（220）七月孟达叛蜀降魏后，申耽与申仪也同时降魏，助攻刘封。魏以申耽为怀集将军，徙居南阳；以申仪为魏兴郡（曹丕分西城郡所置，治所在今陕西旬阳）太守。申仪的魏兴郡与孟达的新城郡为邻，二人素来不和，矛盾很深。申仪总想找孟达的过错，但苦于没有把柄。诸葛亮正是利用这个矛盾而采取了一条逼孟达尽早举事的计策：派郭模诈降魏国，并有意把孟达暗通蜀汉之事由郭模泄露给申仪，目的是让申仪转告魏明帝和司马懿，引起他们对孟达的怀疑，从而逼孟达尽早举事。诸葛亮此计果然奏效，申仪从郭模处得知孟达暗通蜀汉的消息后，立即表奏魏明帝和司马懿；而孟达得知其事泄露后，也准备起兵。

　　魏明帝和司马懿得到申仪关于孟达即将反叛的密报后，起初还不太相信。司马懿一方面派参军梁几到新城郡察看动静，一方面以劝孟达入朝的方式加以试探。孟达心虚不敢入朝，梁几又提供了确凿的证据，司马懿便断定孟达必反无疑。此时已是蜀汉建兴五年（227）十二月了。

司马懿为了防止孟达立即叛变，给自己准备平叛争取时间，他与诸葛亮针锋相对，也采取了一条计策，就是给孟达写信，说破诸葛亮派郭模诈降之事，借以安慰拉拢孟达，稳定其心，拖延时间。司马懿此计也果然奏效，孟达收到司马懿的来信后，见司马懿对自己很信任，无丝毫怀疑之意，因此又犹豫不决了。

魏国诸将见孟达犹豫不决，便劝司马懿暂不发兵，观其动静。司马懿则认为孟达毫无信义，必须乘其犹豫不决之机，以迅雷不及掩耳之势立即发兵讨伐，于是潜军进讨，倍道兼程，仅用八天时间，刚好在年底到达上庸城下。

对于司马懿亲率平叛大军神速抵达上庸，孟达完全未曾料到。此前，孟达曾给诸葛亮写信，从两方面预测过可能发生的情况。第一，孟达认为，司马懿驻军的宛县距魏都洛阳八百里，距上庸城一千二百里，司马懿得知上庸即将举事的消息后，必然在发兵之前先要派人去洛阳表奏魏明帝，魏明帝同意之后才能发兵，经过如此往返，当魏军到达上庸时，时间已过一月，而此时自己早已做好准备。第二，孟达认为，由于自己已经做好准备，而司马懿又肯定不会亲自前来，因此，即使其他魏将前来，自己也不惧怕。但是，当司马懿亲率大军仅用八天便兵临上庸城下时，孟达大惊，已措手不及，只得再给诸葛亮写信，感叹司马懿用兵之神速。

　　蜀汉建兴六年（228）正月，司马懿开始攻城。上庸城三面环水，孟达又在城外设立木栅以自固。司马懿命兵士渡水破栅，直逼城下，八路强攻。经过十六天围攻，孟达的外甥邓贤、部将李辅等人开门出降。司马懿入城，斩杀孟达，传首京师，很快平息了叛乱。

　　诸葛亮从建兴四年（226）春天在成都主动给孟达写信开始，用了整整两年的时间做策反孟达的工作，特别是自建兴五年（227）三月进驻汉中后，更把主要精力用于策反孟达。但在策反的关键时刻，诸葛亮遇到了强劲的对手司马懿。尽管策反工作的失败与孟达本人的优柔寡断、犹豫不决有直接关系，但从总的方面看，在这场事关蜀魏两国大局的谋略较量中，诸葛亮不敌对手，彻底输给司马懿。《三国志·费诗传》说，当司马懿进攻孟达时，诸葛亮因孟达没有归蜀的诚心，所以未派兵救援他。但据《晋书·宣帝纪》载，当时吴蜀两国各遣其将分别向西城郡的安桥（今陕西安康附近）和木阑塞（今陕西安康附近）发兵救援孟达，结果均被司马懿分将拒之，未能成功。据《三国志·刘封传》裴注引《魏略》可知，当时受司马懿之命而抗拒蜀汉救兵者，就是魏兴郡太守申仪。而且《晋书·宣帝纪》又载，当司马懿斩杀孟达之后，蜀将姚静、郑他等人率其众七千余人降魏。姚静、郑他等人所率七千余人，是否专为救援孟达而来，虽不得而知，但他们最后降魏却是事实。所以，诸葛亮策反孟达，主观动机虽然很好，但客观效果不佳，不但未能成功，反而使蜀汉的兵力受到一定损失。对此，不必讳言。

（六）首次北伐　兵败街亭

建兴六年（228）正月司马懿诛杀孟达之后，诸葛亮两路出兵的战略构想再次破灭，只得集中力量从汉中出兵北伐曹魏。

当时曹魏方面镇守长安的，是夏侯惇的儿子夏侯楙。夏侯楙是曹操的女婿，毫无武略而好谋生计，平日只知多蓄伎妾，与自己的妻子清河公主及群弟之关系都很僵。魏文帝曹丕很宠信这位妹夫，魏明帝曹叡对这位姑夫也多方迁就。所以，夏侯楙镇守长安多年，除了吃喝玩乐外，毫无作为。

因汉中与关中之间，南北数百里，有秦岭横亘其间，交通非常困难，所以诸葛亮在进军之前，曾反复与部属商议进军路线。大将魏延曾向诸葛亮提出抄近道而奇袭长安的建议，其中所涉及的"褒斜"、"子午"等重要地名，因在后文还要多次提到，所以这里必须先加以解释。"褒斜"，亦称褒斜谷、褒斜道，因褒水与斜水两河谷而得名。褒水与斜水同源于秦岭太白山。其中褒水南流入沔水（即汉水），其河谷为褒谷，谷口在今陕西汉中地区勉县褒城镇北约十里处；斜水北流入渭水，其河谷为斜

谷，谷口在今陕西关中地区眉县西南约三十里处。南段的褒谷与北段的斜谷合称褒斜谷，全长四百七十里左右，山势险峻，无路可走，凿山架木，以为栈道，自古以来即为秦岭山区南北重要通道之一，为兵家必争之地。"子午"，亦称子午谷、子午道，因古人称北为"子"，称南为"午"而得名。子午谷也是秦岭山区南北重要通道之一，位置在褒斜谷以东，其北口（子口）在今陕西西安市西南，南口（午口）在今陕西汉中市东北。魏延向诸葛亮建议的进军路线的核心内容是：由他率领五千精兵为先锋，从褒谷口进入秦岭，在山中隐蔽东行，再进入子午谷，然后突然出子午谷北口，这样，不用十天便可到达长安。夏侯楙闻蜀军忽至，必弃长安而逃，而横门粮仓之粮及百姓逃散后所剩之谷，足够蜀军坚守长安之用。曹魏要从东方调集援兵，到长安尚需二十余日，诸葛亮可利用这段时间率大军出斜谷口东进，足以抢先到达长安。如此，则咸阳以西可一举而定。魏延这个建议有一定道理：镇守长安的夏侯楙怯而无能，不懂军事，此其一。魏延出子午谷而诸葛亮出斜谷，道路均近，用时均短，利于奇袭长安，此其二。史书还说，魏延每次随诸葛亮出征，总想请兵万人，与诸葛亮异道会兵潼关。这种想法与前述建议精神一致，都是抄近道奇袭长安。

　　但诸葛亮并没有采纳魏延的建议。诸葛亮的性格本来就小心谨慎，而蜀汉在三国之中力量最弱的现实，又迫使诸葛亮更加持重谨慎，不肯冒险。他认为魏延的建议虽有成功的可能性，但孤军远悬，冒险性太大，如果万一受挫，便可能导致全军覆没，这对力量薄弱的蜀国来说，将是致命的打击。所以，诸葛亮不用魏延之计，而决定从坦途平取陇右，他认为这样便不必冒险而能保证十全必克。

诸葛亮所做的军事部署是：扬言将出斜谷而夺取眉县，并派赵云、邓芝进驻箕谷（今陕西勉县褒城镇北），以为疑军，借以牵制魏军；自己则率主力军进攻祁山（今甘肃礼县祁山堡）。这是一个典型的声东击西的军事部署。

在选择主力军的先锋将领时，众人都认为不是魏延，就是吴壹，因为蜀国的大将中，关羽、张飞、马超、黄忠早已不在人世，赵云又进驻箕谷，除此之外，魏延和吴壹算是知名的宿将。但诸葛亮力排众议，选择马谡为先锋。马谡字幼常，襄阳宜城人，以荆州从事随刘备入蜀，历任绵竹县令、成都县令、越巂郡太守。他才气过人，好论军计，深为诸葛亮所器重。但刘备对马谡却另有看法，临终时曾特别叮嘱诸葛亮说，马谡言过其实，不可大用。诸葛亮对刘备的叮嘱不以为然，在刘备死后又提拔马谡为参军，每引见谈论，自昼达夜，非常投机。尤其是诸葛亮讨伐南中时，马谡曾建议他采取"攻心为上"的策略，这使诸葛亮对马谡的才能更加另眼看待。

所以，此次北伐，诸葛亮又将先锋重任交给马谡。

诸葛亮的大军出发后，战事一开始非常顺利，不但南安郡（治豲道县，即今甘肃陇西东南渭水东岸）、天水郡（治冀县，即今甘肃甘谷东）、安定郡（治临泾县，即今甘肃镇原南）同时叛魏降蜀，使关中为之震动，而且诸葛亮还收纳了天水郡降将姜维。初战取胜的原因：一是诸葛亮戎阵整齐，赏罚严而号令明。二是自建安二十四年（219）刘备与曹操因争夺汉中而兵戎相见之后，八九年来，魏蜀两国再未交兵，边境寂然，因此魏国毫无准备。

在丢失三郡、朝野震惊、群臣不知计之所出的情况下，魏明帝一方面下诏安定朝野之心，一方面派大将军曹真率张郃等举兵抵抗，并御驾亲至长安督战。

诸葛亮进至祁山附近的西县（今甘肃天水西南）后，看到这里村落稠密，人口众多，土地肥沃，颇为富饶，心中十分高兴，便向刘禅上表介绍了这里的有关情况。诸葛亮在西县扎下大营，命马谡督诸军前进，此时魏将张郃前来迎战，两军相遇于街亭（今甘肃秦安县陇城镇）。马谡平日只会纸上谈兵，没有实战经验，临敌之时，又自以为是。他违背诸葛亮的部署，舍水登山，不据要道，举措繁扰，动止失宜，副将王平接连规谏，马谡不听。张郃在山下绝其汲水之道，乘蜀军干渴难忍之时大举进攻。蜀军大败，士卒星散，唯王平所领千人，

鸣鼓自持,张郃疑有伏兵,不敢逼近。王平于是徐徐收
合诸营散兵,率之而还。

马谡街亭惨败,使得原本大好的北伐形势急转直下。
诸葛亮无奈,只得拔西县千余家而返回汉中。原已叛魏
降蜀的南安、天水、安定三郡又被魏国夺回。

马谡惨败 街亭失守

在诸葛亮所率主力败于街亭,返回汉中时,赵云与

邓芝所率偏师同曹真接战，因力量相差悬殊，亦失利于箕谷。但赵云在退兵时，沉着冷静，不慌不忙。当时箕谷的赤岸，设有府库，存有军资，为了阻断曹真的追兵，保护赤岸府库，赵云将赤岸以北百余里的栈道全部烧毁。之后，赵云又亲自断后，军资什物，略无所弃，秩序井然地退回汉中。所以，赵云与邓芝之军虽然失利，但损失无多，不至大败。

（七）赏功罚过　引咎责躬

诸葛亮坚持以法治蜀，历来主张赏罚必信，因此，他在首次北伐失败返回汉中后，立即根据这次北伐中主要将领的不同表现，进行赏罚。

马谡作为主力军的先锋，违背诸葛亮的节度，不听王平的劝阻，自作主张，进行错误部署，致使街亭惨败，全线被动，导致首次北伐失败，过错最大。尽管诸葛亮与马谡的私人关系甚好，感情甚深，但为了严肃军纪，坚持法治，他并没有以情废法，而是忍痛挥泪，将马谡下狱正法。马谡临死时曾给诸葛亮写信说："明公待我如同儿子，我待明公如同父亲。请明公深思舜帝杀鲧而用禹之义，使我们平生之交不亏于此。这样，我虽身死，也无憾于黄泉了。"（原文见《三国志·马谡传》裴松之注引《襄阳记》）马谡信中所说的鲧和禹，是传说中的两个远古人物。传说尧帝命鲧治理洪水，鲧用堵截之法经九年而水患未息，被舜帝杀于羽山。舜帝又命鲧之子禹治理洪水，禹用疏导之法经十三年而大功告成，被舜帝选为继承人。马谡用此典故，其意在于恳请诸葛亮诛杀自己之后，能善待其遗孤。诸葛亮虽然坚持法治，但也有丰富的个人感情。当马谡被杀之后，不但十万之众为之垂涕，而且诸葛亮也亲自前往祭奠，并像马谡生前一样善待其遗孤。诸葛亮斩马谡而善待其遗孤，表现了他既重友情，又不以情废法的高尚品德。与马谡同时被杀的还有将军张休、李盛。将军黄袭，则被褫夺兵权。

马谡被杀，后来蒋琬由成都来到汉中，对诸葛亮说："昔日楚国杀死得臣后，晋文公之高兴可知。现在天下未定而诛杀智谋之士，难道不可惜吗！"（原文见《三国志·马谡传》裴松之注引《襄阳记》）得臣，是春秋时楚国大将。晋楚城濮之战中，晋军虽获胜，然晋文公因得臣尚在，犹有忧色。后来得臣被楚成王杀死，晋文公高兴地说，从此再无危害晋国的人了。蒋琬引此古事，意在说明蜀杀马谡，实在可惜，魏国闻之，必然高兴。但诸葛亮却流着泪向蒋琬说道："孙武之所以能制胜于天下，是因为执法严明。所以杨干乱法，魏绛便杀了他的仆人。现在天下分裂，北伐刚刚开始，如果废弃法令，如何讨贼！"（原文见《三国志·马谡传》裴松之注引《襄阳记》）军事家孙武为吴王阖庐训练宫中女兵，将宫女一百八十人分为两队，以吴王宠姬二人各为队长。三令五申

之后，宫女不遵约束而大笑，孙武遂严格执法，不理会吴王的求情而斩杀两个队长以示众。晋悼公大会诸侯，其弟杨干在曲梁扰乱军队的行列，魏绛便严格执法，杀死为杨干驾车的仆人。诸葛亮引这些古事，意在说明欲平天下，便不能废法；如果废法，则无以讨贼。

在诛杀马谡等人的同时，诸葛亮又大奖副将王平。王平虽然手不能书，识字不过十个，写信读书，均须别人代理，是个文盲，但却有丰富的实战经验。在街亭之战中，他能牢记诸葛亮的部署而屡谏马谡；当马谡惨败后，他又能以疑兵之计使敌不敢逼近，不但使自己所率之千人未受损失，而且在退军途中又收合马谡的散兵败将，为保存蜀国的兵力，作出了重要贡献。因此，诸葛亮对王平非常赏识，特予嘉奖提拔，加拜参军，统五部兼当营事，进位讨寇将军，封为亭侯。诸葛亮对王平的嘉奖提拔，一方面是他"无善不显"的法治思想的表现，另一方面也说明他在吸取了精通兵书而不能实战的马谡的教训后，用人时更注意实际才能。

统率箕谷疑军的主将赵云，虽然损失无多，退兵有序，但终究打了败仗，因此也被诸葛亮由镇东将军贬为镇军将军。诸葛亮见赵云军中有多余的军资绢帛，便让分赐给将士，赵云说军队打了败仗，不该受赐，请将多余之物全部存入赤岸府库，等到冬天赐给全军。对于赵云如此的高贵品德，诸葛亮大加赞赏。诸葛亮对赵云，

既贬其职务，又赞其美德，这也是他坚持法治、赏罚分明的表现。

在对主要将领进行赏罚之后，诸葛亮开始进行自我反省，引咎责躬。

当诸葛亮刚从祁山返回汉中时，虽然打了败仗，但很多人却认为此次北伐，曾夺三郡，又收姜维，还拔西县千余家百姓而还，于是纷纷向他祝贺。但对于众人的祝贺，诸葛亮却不以为喜，反觉愧疚。他认为自己以复兴汉室、统一天下为己任，而此次北伐，大败而归，致使北方百姓仍生活于曹魏统治之下，此乃自己之罪，根本不值得祝贺。

诸葛亮不但不接受众人的祝贺，反而上疏刘禅，请求给自己以严厉处罚。他说自己以浅薄之才，愧居丞相之位，亲掌大权而督励三军，却不能训明法纪，致使街亭、箕谷，两处皆败，过错全在自己临事而惧，授任无方，用人不当，虑事不明。《春秋》一书，载有古训，战役失败，应责主帅，据此，自己理应受罚，自请贬官三级，以督责其过。刘禅看过奏疏后，批准了诸葛亮的自贬请求，将他贬官三级，由丞相降为右将军，但仍让诸葛亮代行丞相之事，实际权力与以前相同。

首次北伐失败不久，有些人劝诸葛亮扩充兵马，接着再次出兵北伐。诸葛亮没有同意，并向他们加以解释。他首先从首次北伐的失败中总结教训，认为蜀军多于魏

军，反而打了败仗，这说明失败的原因并不在于兵少，而在于自己一人指挥不当。接着说自己今后将要减兵省将，明罚思过，为适应形势的变化而采取灵活变通的新对策，否则，即使兵多，亦无益处。最后鼓励忠心报国之士要多给自己提意见，经常批评自己的缺点，如此，则歼灭曹魏，平定天下，其功可翘足而待。首次北伐失败的直接责任者，当然是马谡，但诸葛亮并不全部诿过予人，而是对自己作为三军统帅所犯的过失和所应承担的责任，多次进行自我反省，引咎责躬。这种品德确实非常高尚。

赏功罚过　自请贬官

诸葛亮在首次北伐中也小有收获，其中之一就是收了姜维。姜维字伯约，天水郡冀县人。父姜冏，曾为郡功曹，在镇压羌戎少数民族叛乱时，死于战场。姜维当时年少，孤与母居。后以父功，赐官中郎，参本郡军事。诸葛亮军向祁山时，天水郡太守马遵正好离开治所冀县而出巡，姜维及功曹梁绪、主簿尹赏、主记梁虔等从行。马遵闻蜀军将至，而诸县响应，他怀疑姜维等人皆有异心，又以冀县位置偏西，恐吏民乐乱，遂趁黑夜逃至东边的上邽县（今甘肃天水）。姜维等发觉马遵离去，随后亦至上邽县，然马遵闭门不纳；姜维等又西返冀县，亦被拒之于城外。无奈，姜维等人乃俱投诸葛亮。冀县叛魏降蜀后，姜维尚未及与母会面，而马谡兵败街亭，冀县复被魏军夺回，姜维遂与母相失。

诸葛亮得到姜维后非常高兴，辟为仓曹掾，加奉义将军，封当阳亭侯，而当时姜维只有二十七岁。为了让刘禅和留守成都的官员了解姜维，诸葛亮给主持丞相府工作的留府长史张裔和参军蒋琬接连写信两次。第一信说姜维忠勤时事，思虑精密，蜀国的李邵、马良等有名之士都不如姜维，并称赞姜维是凉州地区最有才智的上士，评价是相当高的。第二信不但继续称赞姜维的军事才能和心存汉室的忠肝义胆，而且让张裔和蒋琬在姜维抵达成都后，先安排他训练京城的卫戍部队；待任务完成之后，再安排他朝见刘禅。其对姜维的无比信任，于此可见。在诸葛亮的精心栽培下，姜维后来成为蜀国的重要将领。尤其在诸葛亮、蒋琬、费祎先后去世之后，姜维加督中外军事，执掌蜀汉大权，成为支撑蜀国半壁江山的擎天大柱。姜维最后虽在蜀汉亡国后被杀，但其心存汉室的忠肝义胆，确如诸葛亮所言。

　　首次北伐失败后，诸葛亮在汉中用了十个月的时间集中准备第二次北伐。对这十个月的准备工作，《三国志·诸葛亮传》无一字提及，只是在该传裴注所引《汉晋春秋》中有简略的记载。记载虽然简略，但从中可以看出诸葛亮做了大量工作，除了引咎责躬，布所失于天下外，重点是考察劳绩，甄拔壮烈，励兵讲武，以达到士

慧眼识才　盛赞姜维

卒精练、民忘其败之目的。其中"民忘其败"这一记载所反映的情况非常重要。它说明，当首次北伐失败之初，蜀国军民曾被一片悲观失望情绪所笼罩，经诸葛亮做了大量工作之后，才使举国上下，群情重新振奋，士气重新高涨。

除了《汉晋春秋》的简略记载外，《水经注》一书还载有诸葛亮写给其兄诸葛瑾的两封短信，由此我们可以依稀窥知诸葛亮为准备第二次北伐而命赵云在赤岸屯田的一些线索。第一信写于建兴六年（228）夏天，亦即首次北伐失败半年后。信的内容主要是向诸葛瑾介绍赵云箕谷退兵时烧毁赤岸以北栈道之事，以及架设栈道的方法，并谈到时当盛夏，水大流急，所毁栈道，一时无法修复。前文曾交代过蜀国在箕谷的赤岸设有府库，赵云曾建议诸葛亮将军中多余之物存入赤岸府库，以待冬赐。现在联系诸葛亮给诸葛瑾的第一信来看，可知赵云在首次北伐时进驻箕谷，其任务除了设疑军以牵制魏军外，还带有军屯性质。第二信亦写于建兴六年（228）夏天。此时正当诸葛亮准备第二次北伐之际，而从信中看，赵云与邓芝又像首次北伐时一样同时进驻箕谷。不过二人分工不同，信中明确地说赵云在赤岸屯田，邓芝在赤岸口戍守。原先赵云退军时烧毁赤岸以北的栈道，以阻曹军，但赤岸以南的栈道尚可通行。到了夏天山洪暴涨，大水汹涌，连赤岸以南的栈道也全被冲坏，使赵云只有

派人攀登悬崖，才能与邓芝取得联系。从以上两信，尤其是第二封信可以看出，诸葛亮为了准备第二次北伐，确实曾命赵云屯田于赤岸。

（八）二次北伐　受挫陈仓

首次北伐失败后，经过十个月的准备，诸葛亮于建兴六年（228）十二月进行第二次北伐。《三国志·诸葛亮传》裴松之注所引《汉晋春秋》中，载有诸葛亮此次北伐前的奏表，即所谓《后出师表》，后人多认为是伪作，此处姑置不论。诸葛亮之所以选择这个时间北伐，与当时魏国军事形势的变化有直接关系。

原来，建兴六年（228）五月，孙权命鄱阳郡太守周鲂写信给魏国扬州牧曹休，诈言欲举郡降魏，请曹休率兵接应。曹休信以为真，率步骑十万向寻阳县进发以接应周鲂。与此同时，魏明帝又命司马懿由宛县向江陵进发，命贾逵由西阳县向濡须口之东关进发，从两路配合曹休。八月，孙权亲至皖口，派陆逊督诸军大破曹休于石亭，斩获万余，得牛马车乘万辆，军资器械无数。曹休赖贾逵救援，才得生还，不久即痛发于背而死。魏国在这次战役失败之后，为了加强东线的兵力，与吴抗衡，便大量调兵东下，而关中兵力则较前相对虚弱了。

正是在这种情况下，诸葛亮才抓住时机进行第二次北伐的。这一次的军事部署是：主力军"出散关，围陈仓"（《三国志·诸葛亮传》）。散关亦称大散关，在今陕西宝鸡市西南五十余里的大散岭上，当秦岭之咽喉，扼汉中至关中之要道。后来宋代的陆游在汉中从军时，曾写过"三秦父老应惆怅，不见王师出散关"（《观长安城图》）的诗句，可见，从汉中至关中，散关是重要隘口之一。陈仓，即指今陕西宝鸡市。除了主力军由散关进围陈仓外，诸葛亮还选择了一条进围陈仓的小路，这就是陈仓东南的绥阳谷。绥阳谷因绥阳溪（今称马峪河）得名，南与褒斜谷相连，也是由汉中通往关中的一条要道。关于这条进军路线，诸葛亮在给其兄诸葛瑾的信中有过说明。从信的内容可知，绥阳谷山崖绝险，水流纵横，不便于大军行进，过去诸葛亮派去侦察敌情的兵士，即由此要道进入关中。现在为了进围陈仓，诸葛亮便派兵士整修谷道，以便行军。信中所说的"足以扳连贼势，使不得分兵东行"（《与兄瑾言治绥阳谷书》，见《水经·渭水注》），是诸葛亮安慰诸葛瑾的话。当时魏军大量东下，东吴形势已觉吃紧，诸葛瑾担心魏军继续东下，形势将更加严峻。针对诸葛瑾的这一担心，诸葛亮说蜀军进围陈仓之后，可以牵制魏军，使其不敢继续分兵东下。

按诸葛亮出兵之前的想法，由于孙权和陆逊在石亭大破曹休，魏国为了加强东部防线而大量调兵东下，关中兵力虚弱，因此这次北伐定可成功。但是，诸葛亮此次围攻陈仓，却早被曹真所料到。当诸葛亮首次北伐失败，刚由祁山撤退之后，曹真就断定诸葛亮下次出兵，必然围攻陈仓，于是派大将郝昭、王生守陈仓，预做准备。镇守陈仓的主将郝昭，字伯道，太原人，为人雄壮，数立战功，是一员有勇有谋，而又对曹魏政权忠心耿耿的名将。诸葛亮二次北伐，遇到的正是这样一员名将和提前修筑得固若金汤的陈仓城。

诸葛亮包围陈仓城后，一开始并没有强攻，而是派郝昭的同乡靳详在城外遥劝郝昭投降。郝昭在城楼上答道："魏国法律，君所熟悉，我之为人，君所深知。我受国恩多而门户重，只知死守城池。君勿再言，请还告诸葛亮，便可攻城。"（原文见《三国志·明帝纪》裴松之注引《魏略》）靳详将郝昭之言告知诸葛亮，诸葛亮又派靳详再次劝降。靳详对郝昭说，陈仓城内人少兵寡，难敌蜀军，请郝昭不要白白送死，自取灭亡。郝昭拉弓欲射靳详，靳详乃去。诸葛亮见劝降不成，自以为有兵数万，而陈仓守兵仅千余人，又估计曹魏东方救兵短期不能赶到，遂下令攻城。蜀兵架云梯攀城，郝昭则用火箭射之，梯燃，蜀兵皆烧死。蜀兵用冲车猛冲城墙，郝昭则以粗绳系石磨盘砸之，折其冲车。诸葛亮见云梯与冲车均不能奏效，乃命蜀兵架起百尺高之井阑，站在上面向城中射箭，又填平护城河，想在弓箭配合下大举攀城，郝昭则在城内修筑重墙以拒之。诸葛亮又命蜀兵向城内挖地道，想从地道进入城内，郝昭则在城内挖横沟以截之。经过二十多昼夜的攻守相持，诸葛亮已无计可施。

曹真得知诸葛亮进攻陈仓，急命将军韦耀等率兵救援。与此同时，魏明帝也急调张郃赴援。张郃在街亭之战中大破马谡后，本来驻守关中，后因曹休兵败石亭，他便被调往东线的方城。张郃从方城赴援经过洛阳时，魏明帝问他："等将军到达时，诸葛亮会不会已经攻下陈仓？"（原文见《三国志·张郃传》）张郃知道诸葛亮孤军远悬，军粮不足，难以久攻，便答道："等不到臣到达陈仓，诸葛亮肯定就已逃走了。屈指算来，诸葛亮的军粮维持不了十天。"（原文见《三国志·张郃传》）于是昼夜不息，兼程西进。

果然不出张郃所料，诸葛亮久攻陈仓不下，而军粮已尽，又听说曹魏援兵将至，只得退军而还。魏将王双率骑兵追赶诸葛亮，诸葛亮大破其军，斩杀王双。

诸葛亮第二次北伐，除斩杀魏将王双外，一无所获，而久攻陈仓不下，蜀兵反受不少损失。所以，这也是一次失败的战役，只是不像首次北伐那样败得惨重而已。失败的原因，一是军粮不继，二是魏军有备。而权衡主次，魏军有备乃是主要原因。诸葛亮以数万之众，围攻仅有千余魏军之陈仓，若魏军无备，早被一举攻破。正因为魏军早有准备，所以诸葛亮强攻二十余日而不能得手，致使兵疲师老，无计可施，此时即使军粮有继，亦难奏功效。与诸葛亮进攻陈仓形成鲜明对比的，是当年

刘邦接受张良和韩信的建议而采取的"明烧栈道"和"暗度陈仓"之计。汉元年（前206）四月，诸侯罢兵，各就封国，张良送汉王刘邦至褒中，临告别时，建议刘邦烧毁汉中至关中的山中栈道，假意示知天下，刘邦不会再返关中，借以稳定项羽之心，使他放松警惕，此即所谓"明烧栈道"。刘邦接受了张良的建议，果然使项羽和雍王章邯放松了警惕。到了八月，韩信又建议刘邦乘章邯无备之时，暗渡陈仓故道而偷袭关中，此即所谓"暗度陈仓"。刘邦接受了韩信的建议，果然在陈仓大破毫无准备的章邯，不久即平定三秦。同样是由汉中进攻

二次北伐　陈仓受挫

陈仓，刘邦之所以成功，乃由于出敌不意，乘敌无备；而诸葛亮则在敌方早有准备的情况下强攻，其失败自属必然。

（九）三次北伐 夺取两郡

诸葛亮在第二次北伐失败返回汉中后，几乎未曾休息，接着于建兴七年（229）春天进行第三次北伐。

这次出兵规模较小，只是派陈式率军进攻距离较近的武都郡（治所在今甘肃成县西）和阴平郡（治所在今甘肃文县西北）。魏国雍州刺史郭淮率众欲击陈式，诸葛亮亲自率军来到建威（今甘肃成县西北），郭淮退逃，蜀军遂夺取两郡。

此次北伐虽然只夺得两郡，但在拓展边境方面总算首次有所收获。刘禅闻讯，非常高兴，立即由成都发来

三次北伐 夺得两郡

诏书，对诸葛亮表示祝贺嘉奖。诸葛亮在首次北伐失败之后，曾上疏自请贬官三级，由丞相降为右将军而代行丞相之事。刘禅此次发来诏书之目的，就是为了恢复诸葛亮的丞相职务。诏书将首次北伐时街亭之败的责任全部推在马谡身上，认为诸葛亮不该引咎自责，并说上次之所以听从诸葛亮的自贬请求，降为代守丞相，乃是怕违背其自贬之意愿。又说二次北伐时斩杀王双，三次北伐时收复两郡，并使当地少数民族归服，这都是莫大的功勋。还说方今天下纷乱，曹魏未灭，诸葛亮主管国家大政而却久自谦退抑损，这对大业不利。因此，现在应该恢复诸葛亮的丞相职务，请勿推辞。诏书虽有为诸葛亮回护溢美之处，但所谈之事基本属实。

　　第二次北伐虽然夺得两郡，但也暴露出蜀军后勤工作的一些问题。当蜀军进攻武都郡时，魏军将树木枝杈栽在路上作为障碍物，用以阻止蜀军，因这种防御设备形似鹿角，故军事上就称其为"鹿角"。而蜀军在砍拔魏军设置的鹿角时，所用刀斧的质量却很差，一天竟损坏一千余把。战役结束后，诸葛亮为了证实一把好的刀斧究竟可用多长时间，便命主管兵器制作的作部另外制作刀斧数百把，用了百余日，结果无一损坏。由此，诸葛亮断定原先刀斧的质量低劣，完全是由制作刀斧的主管人不负责任造成的，于是将其收捕治罪，并专门就刀斧的质量问题发了一道教令。诸葛亮在教令中把刀斧的质量问题直接与军事的胜败问题联系起来，认为这绝非小事。他说，进攻武都郡时，幸亏魏兵已逃跑，否则，蜀军将无刀斧可用；又说，如果以质量低劣的刀斧临敌作战，将会破坏整个军事计划。从这件事情可以看出，诸葛亮对包括后勤工作在内的军事工作的方方面面，都考虑得非常仔细周到，从未稍有疏忽。

（十）贺权称帝　共立盟誓

就在诸葛亮第三次北伐刚结束后，东吴发生了一件使蜀汉群臣深受刺激的大事，这就是吴王孙权于蜀汉建兴七年（229）四月称帝。

孙权在建安十三年（208）赤壁之战时与刘备结成联盟，共同击败曹操。到了建安二十四年（219）冬，孙权袭取荆州，杀害关羽，破坏了孙刘联盟。为了对付刘备兴兵报仇，孙权又另找盟友，于建安二十五年（220）七月派人向曹丕奉献方物，以求改善关系。蜀汉章武元年（221）七月，已经称帝的刘备为报关羽之仇而开始举兵讨伐孙权，在此情况下，孙权于八月派人向曹丕称臣，并送回投降关羽后一直被关押在荆州的魏将于禁。曹丕不久即封孙权为吴王，并加九锡，但又怕孙权不是真心臣服，于是以封孙权的太子孙登为万户侯作借口，多次要孙权把孙登送到魏国当人质。但孙权每次都以孙登年幼为由，上书婉言拒绝，并不断地大量奉献方物。到了

蜀汉章武二年（222）九月，曹丕觉察孙权并非真心臣服，便派曹休、张辽、臧霸等出兵洞口，曹仁出兵濡须，曹真、夏侯尚、张郃、徐晃等围南郡，三路共伐孙权。孙权当时因扬、越诸夷多未平定，内难未息，所以卑辞上书，承认过错，想以韬晦之计继续迷惑曹丕。但曹丕坚持要让孙登入朝为人质，而此时孙权已在夷陵之战中大破刘备，于是对曹丕的态度变得强硬起来，不但拒绝送子入朝，而且在十月自立年号为黄武元年，表示不再臣服曹丕，并派兵临江据守。十一月，魏军大破吴军。十二月，孙权派郑泉到白帝城，又表示愿与蜀国恢复联盟。不久刘备去世，在诸葛亮和孙权的共同努力下，孙刘联盟得以恢复。此后，在魏国和蜀国的君主都早已称帝的情况下，孙权仍称吴王，名义比魏蜀两国的君主低一等。到了蜀汉建兴七年（229）四月，诸葛亮第三次北伐刚结束后，孙权在百官劝进下称帝，改黄武八年为黄龙元年，并派使臣告知蜀汉，认为吴蜀两国，应该二帝并尊。

孙权称帝，使蜀汉群臣深受刺激，难以接受。在蜀汉群臣看来，天无二日，国无二帝，一个统一的汉朝，只能有一个皇帝。虽然称王的人可以很多，但仍然是皇帝的藩臣，要由皇帝册封并接受皇帝的管辖。曹操在世时，虽然权力无比，但也只称魏王，在名义上还得尊奉汉献帝。刘备被群下推为汉中王时，尽管汉献帝已经没

有任何权力，但诸葛亮等人在名义上还得向汉献帝上表，请求认可。后来曹丕废黜汉献帝而自称魏帝，刘备认为这是僭逆行为，不予承认。刘备是汉室宗亲，他见曹丕废黜汉献帝而自称魏帝，自己接着也称帝，国号仍为汉，表示汉朝没有灭亡，由自己继承下来。诸葛亮经常以"兴复汉室，还于旧都"相号召，就是为了消灭不合法的曹魏政权，使偏安一隅的蜀汉政权恢复昔日大汉帝国的声威，迁回旧都洛阳。孙权原先一直称吴王，蜀汉是可以接受的；现在他改称吴帝，在名义上与蜀帝刘禅平起平坐，二帝并尊，这便使蜀汉难以接受了。正是出于这种想法，所以当时蜀汉群臣都认为孙权称帝，其名不正，和曹丕一样，也是僭逆行为；而且认为孙权称帝后，三帝鼎立之目的已经达到，今后不会再与蜀国同心协力，共伐曹魏。因此，他们群情愤激，建议诸葛亮公开宣布孙权的僭逆罪行，明确与其断绝联盟关系。

　　针对群臣以上的想法和建议，诸葛亮耐心解释道："孙权有僭逆称帝之心，由来已久。蜀汉之所以不计较其罪恶念头，是要与他两面牵制夹击曹魏，互相救援。今若公开与其断绝联盟，则其恨我必深，我方将不得不移兵东伐，与其较量，待得其地之后，才可计议北伐中原。而彼方贤才尚多，将相团结和睦，我方不可能一朝取胜。屯兵相持，坐而待老，使曹魏得计，此非上策妙算。昔日汉文帝之所以用谦卑的言辞与匈奴和好，先帝（刘备）

之所以用优厚的条件与东吴结盟，都是为了适应形势的变化，考虑长远的利益而采取的变通措施，并不像一般人那样只知发泄一时之愤。现在大家都认为孙权只求鼎足之利，不能与我齐心合力，且其愿望已经满足，再无渡江伐魏之心。这些观点，看似正确，实则错误。为什么呢？孙权之力量与智谋不相称，故而只能限于长江之南而保境自守。孙权不能渡过长江而进攻曹魏，正像曹魏不能渡过汉水而进攻江陵一样，都是心有余而力不足。如果与孙权失和，那么，我军若讨伐曹魏，孙权采取上策，将会乘机分割魏地，以为后图；采取下策，将会掠民扩境，示武于内，绝不会端坐不动。现在，如果使孙权按兵不动而与我和睦相处，那么，我军北伐，将无东顾之忧；而且曹魏河南之兵因孙权的牵制也不能全部西调，如此，好处就更大了。所以，孙权僭逆称帝之罪，不宜公开宣布。"（原文见《三国志·诸葛亮传》裴松之注引《汉晋春秋》）

诸葛亮在向群臣作了以上解释后，为了保持孙刘联盟，不但没有公开宣布孙权的僭逆罪行，反而郑重其事地派陈震为使者，到吴国祝贺孙权称帝。陈震临行时，诸葛亮还让他给诸葛瑾带了一封信。当时诸葛瑾担任东吴的大将军、左都护，领豫州牧，权力很大。诸葛亮给他写信之目的，就是向他介绍陈震，并请他帮助陈震顺利完成使命。

陈震于建兴七年（229）六月到达吴都武昌（今湖北鄂县）后，孙权非常高兴。二人升坛歃血，举行了非常隆重的结盟仪式，并共立盟誓。盟誓先将已经死去的董卓、曹操、曹丕等人大骂一通，又骂到尚在君位的魏明帝曹叡，并强调消灭曹叡及其徒党，乃是蜀汉与东吴两国的共同责任。接着又说吴蜀两国之间应该休戚与共，相互救援，和睦相处，互不侵犯，并要使这种联盟关系传之后世，始终坚持。最后又向天发誓说，如果任何一方有渝此盟，违背誓言，则必将受到上天神明的严厉惩罚。以上盟誓，如果两国都有诚心，当然可以坚持始终。但盟誓中还有一个规定，听来十分可笑，即在未灭曹魏之前，吴蜀两国已将曹魏的领土一分为二，提前划入各自的版图。两国怕将来空口无凭，便提前订立了平分魏土的盟约。按照分土盟约：豫、青、徐、幽四州归吴；兖、冀、并、凉四州归蜀。还有一个司州，也以函谷关为界而中分。这个规定虽可谓公平，但完全是不切实际的空想。

但不管怎么讲，吴蜀此次结盟，是当时真正意义上的两"国"之盟，不但有两国正式签字的书面盟誓，不同于过去空口无凭的孙刘联盟，而且其仪式之隆重程度在三国时期也绝无仅有。后来的事实证明，这次结盟确实起了很大作用，不但使吴蜀两国在较长一段时间里没有发生大的摩擦，而且两国互相援应，分别从东西两线

牵制曹魏，使曹魏在短期内无法实施各个击破的战略计划。当然，对诸葛亮的北伐来说，这更是一件大好事。

贺权称帝　共立盟誓

（十一）拒受九锡　谦恭事主

在第三次北伐小有收获、诸葛亮恢复丞相职务、孙权称帝的情况下，奉命驻屯江州而主持大后方军事的重臣李严给诸葛亮写信，建议他接受九锡，晋爵称王。所谓"九锡"，即九赐，是古代皇帝赐给有特殊功勋或有巨大权势的诸侯或重臣的九种物品，包括：车马、衣服、乐则、朱户、纳陛、虎贲、弓矢、铁钺、秬鬯。这九种物品，非一般人所能享用；而能够受赐享用这九种物品者，都是地位和权势仅次于皇帝的强藩诸侯或辅弼重臣。皇帝给诸侯或重臣加九锡，原本之目的是以示尊礼，但后来多成为不得已而为之的违心之举。在历史上，一些权臣在篡夺帝位之前，就往往先受九锡，例如王莽以安汉公受九锡，曹操以魏公受九锡等。诸葛亮虽然身为丞相，但爵位只是武乡侯，而接受九锡之人，其爵位非王爵即公爵，因此李严建议诸葛亮在接受九锡的同时，要晋爵称王。

对于李严的这个建议，诸葛亮回信认为：自己与李严相知已久，了解甚深，很多事情本无须相互解释，但现在李严以光耀国家为由，劝自己接受九锡，晋爵称王，对此，自己不能再保持缄默，必须加以解释。诸葛亮说自己本为东方一个普通士人，误蒙刘备重用，已经位极人臣，禄赐极多。现在，讨贼大业尚未成功，知己之恩尚未报答，而李严却劝自己仿效齐桓公和晋文公受周天子宠信那样，请汉帝（刘禅）为自己加九锡而晋爵封王，自贵自大，这就很不合适了。诸葛亮又认为，如果将来消灭魏国，斩杀曹叡，使汉帝（刘禅）还归故都洛阳，那时自己将与诸位同僚一并升官晋爵，即使十种赏赐也可接受，何况九锡呢！

诸葛亮之所以拒绝晋爵称王和接受九锡，并非功勋

不称，而是由他的报国忠心及对刘禅的谦恭态度决定的。为了说明诸葛亮的报国忠心和谦恭态度，这里有必要将他与历史上辅佐幼主的几类人物加以对比。在诸葛亮之前及与诸葛亮同时的中国历史上，辅佐幼主的人大体有以下几种类型。

第一种类型以周公为代表。周公姬旦，是周武王姬发之弟，周成王姬诵之叔。武王克殷后二年病重，周公暗中祝告太王、王季、文王之神，请代武王而死，并将祝神书策藏于金縢柜内。武王死后，周公受命辅佐年幼的周成王，并摄行王政。他经过三年东征，平定三监叛乱，又制礼作乐，教化天下，分封诸侯，拱卫王室，营建洛邑，以镇东方。七年之后，成王长大，周公归政于成王，自己北面就群臣之位，但仍留守成周，与留在宗周的召公分陕而治。在周召二公的辅佐下，不但使新建

拒受九锡　谦恭事主

立的周朝政权得以巩固，而且开创了周朝历史上的成康之治。但就是这样一位忠心耿耿辅佐幼主的圣人周公，当初却受到其弟管叔、蔡叔等人的怀疑，他们到处散布流言，说周公将废黜成王而篡位称王。后来成王打开金滕柜，看到所藏的祝神书策，周公才获得信任。

第二种类型以王莽为代表。王莽是汉元帝皇后王政君的侄子，年轻时即善伪装，至汉成帝末年，爵为新都侯，官为大司马。王莽地位愈高，伪装愈甚，蒙骗朝野上下，盗取忠直之名。汉哀帝时，王莽曾罢官就第，闭门自守，而上书为其讼冤者竟以百数。年幼的汉平帝即位后，王莽复任大司马，进位太傅，号安汉公，又加称宰衡，总揽朝政，并受九锡。为了给篡位夺权做准备，王莽指使泉陵侯刘庆上书，请王莽像周公辅佐成王那样，代行天子之事。平帝病重时，王莽也假意仿效周公，愿以己身代平帝而死，并作祝神书策藏于金滕柜中。平帝死后，王莽故意立年仅两岁的孺子婴，自己则仿效周公辅成王故事，以摄政名义居天子之位，朝会称"假皇帝"，臣民称"摄皇帝"，改元"居摄"。后来王莽又指使亲信，伪造符命，宣称"摄皇帝当为真皇帝"，遂自立为帝，改国号为"新"，终于达到篡位夺权之目的。

周公与王莽，虽然都辅佐幼主，但周公是诚心实意的真圣人，王莽则是虚情假意的伪君子。周公之真，曾受怀疑；王莽之伪，曾受赞颂。难怪白居易有诗叹曰：

"周公恐惧流言后，王莽谦恭未篡时。向使当初身便死，一生真伪复谁知。"(《放言五首》其三)

第三种类型以霍光为代表。霍光是霍去病的同父异母弟，因霍去病的关系而受到汉武帝的重用。汉武帝临死时，霍光与金日䃅、上官桀、桑弘羊同受顾命，辅佐年仅八岁的汉昭帝。不久，上官桀、上官安父子，以及桑弘羊、盖长公主、燕王刘旦通谋欲杀霍光，废黜昭帝，立燕王为帝。阴谋败露后，上官父子及桑弘羊均被族诛，盖长公主及燕王皆自杀。霍光从此威震海内，其外孙女(即上官桀孙女，上官安之女)又为昭帝皇后，子婿皆居要职，霍氏一门，贵盛无比。昭帝死后无嗣，霍光以皇太后诏迎立武帝孙昌邑王刘贺为帝。刘贺荒淫无道，旋被废徙房陵。霍光又自民间迎立武帝卫太子之孙刘询为帝，是为汉宣帝。宣帝即位后，霍光继续秉政，直至去世。霍光以大司马大将军领尚书事，在昭帝与宣帝两朝先后秉政达二十年之久，百姓充实，四夷宾服，功绩是相当卓著的。但霍光的最大失误有二。一是自身不学无术，暗于君臣大理，特别是在宣帝时期，独揽大权，威震人主，致使宣帝惮其威严，若有芒刺在背，这便为霍氏日后留下祸根。二是其把持朝政的家人亲党，盘根错节，连体胶固，奢侈无度，胡作非为，对此，霍光竟不能预加防范，以致酿成大祸。霍光夫人显，欲使其小女霍成君为宣帝皇后，便收买乳医淳于衍乘给许皇后治病之机将其毒死，然后送成君入宫为皇后。霍光虽事后知情，但隐而不举。霍光死后不久，其妻谋害许皇后之事逐渐泄露，其子霍禹及家人又铤而走险，谋划以太后之诏废宣帝而立霍禹为帝。阴谋败露后，霍氏满门被诛，连坐而被诛灭者数千家。霍成君亦被废处昭台宫，十二年之后自杀。

第四种类型以曹操为代表。曹操在建安元年（196）将十六岁的汉献帝迎至许县后，献帝以曹操为大将军，封武平侯。自此，曹操独揽朝政，官爵不断进升。建安十三年（208），汉罢三公，以曹操为丞相。建安十八年（213）曹操封魏公，加九锡。建安二十一年（216）曹操封魏王。从此，曹操在名义上享有的特权与汉献帝相差无几，既可以赞拜不名，入朝不趋，剑履上殿，也可以用天子旌旗，戴天子冕旒，出入得称警跸。曹操虽名为辅臣，但实际权力则比汉献帝大得多。他强行杀死献帝董贵人及其父董承，更强行杀死献帝皇后伏寿及二皇子，并杀伏氏兄弟及宗族百余人，又进自己的三个女儿曹宪、曹节、曹华入宫，皆拜贵人。伏皇后被杀后，又逼令献帝立曹节为皇后。整个朝廷，均被曹操势力所把持，汉献帝仅为虚设守位之傀儡而已。但是，曹操在名义上始终尊奉汉献帝，自己并未直接称帝。他并非不想称帝，也并非无力称帝，而是有所顾虑，怕担篡位夺权的罪名。他的安排是让儿子取代汉献帝而称帝，再追尊自己为皇

帝。后来果然如此，曹操死后仅九个月，其子曹丕便废
黜汉献帝而自立为魏帝，接着追尊曹操为魏武帝。

　　将以上辅佐幼主的几类人物与诸葛亮加以对比，则
可以看出诸葛亮辅佐刘禅时的一些特殊情况。第一，诸
葛亮既不像周公那样是王室成员，也不像王莽、霍光、
曹操那样是皇帝的外戚姻亲，他的儿子诸葛瞻后来虽娶
公主为妻，但已是诸葛亮去世多年以后的事了。诸葛亮
与刘禅的关系，是毫不沾亲带故的异姓君臣关系。第二，
诸葛亮所辅佐的君主，是扶不起的阿斗，其智能才干远
远不及周公、王莽、霍光、曹操所分别辅佐的周成王、
汉平帝、汉昭帝、汉宣帝、汉献帝。第三，周公、王莽、
霍光所辅佐的君主，都是统一政权的君主；曹操辅佐汉
献帝时，虽然天下大乱，群雄割据，但汉献帝在名义上
仍是统一政权的君主。诸葛亮辅佐刘禅时则不然。虽然
刘备、刘禅都以汉朝继承人自居，诸葛亮也以复兴汉室
相号召，但这只是他们一厢情愿的事。在别人的心目中，
刘备、刘禅并非汉朝继承人，真正的汉朝已经灭亡，蜀
汉只不过是偏安一隅的割据政权而已。第四，刘备向诸
葛亮托孤时曾明确表示，如刘禅不才，则诸葛亮可取而
代之。这在古代是绝无仅有的，越出了一般托孤之常规。

　　诸葛亮辅佐刘禅时的以上特殊情况，若在奸邪权臣
看来，正可作为篡位夺权的有利条件和借口。但诸葛亮
则不然。他既不像王莽和曹操那样，借辅佐幼主之机，

培植私人势力，为篡位夺权做准备，也不像霍光那样威震人主，使幼主有芒刺在背之感。对于家人，诸葛亮也要求很严，并不像霍光那样任其奢侈无度，胡作非为。诸葛亮曾给李严写信说，他虽受赐八十万斛，但并无余财，其妾竟无与其身份相称的衣服。这可见他要求家人生活必须俭朴。诸葛亮早年无子，过继其兄诸葛瑾的次子诸葛乔为子。建兴五年（227）诸葛亮在汉中准备首次

告诫家人　俭以养德

北伐时，以当时他的丞相身份而言，其子完全可以留在成都，不必随父前往汉中前线。但诸葛亮考虑到，诸将子弟都亲自运输军需粮草，自己的儿子也应与大家同甘共苦，于是命诸葛乔率兵五六百人，与诸将子弟一同在深山峡谷中参加运输工作。这可见他要求家人不能搞特殊化。不仅如此，诸葛亮还在两篇《诫子书》中向诸葛乔介绍立身和治学的经验，要求他戒淫慢，戒险躁，静以修身，俭以养德，淡泊以明志，宁静以致远，做一个品德高尚、学问深厚的有用之人。甚至连宴席上如何待人接物、节制酒量等细节问题，诸葛亮都对诸葛乔谆谆教诲，不厌其烦。在《诫外生（甥）书》中，诸葛亮又告诫他的外甥：志向应当高尚远大，要敬慕效法先贤，断绝私情欲念，抛弃拘牵滞碍，使先贤那样的志向，在你身上明显地体现出来，对你内心真正有所启发。要能忍受逆境考验，摆脱琐碎事务，广泛咨询请教，根除怨尤情绪，这样，即使暂时不太顺利，但也无损于美好的情趣，事业终将取得成功。如果志向不坚毅，意气不昂扬，只是碌碌无为地滞留于世俗，无声无息地被私情所束缚，永远混迹于平庸之辈中，那就免不了沦为下等之人。这可见诸葛亮要求家人必须加强思想品德和学识才能等方面的修养。

　　诸葛亮受六尺之孤，摄一国之政，事凡庸之主而不失臣礼，行人君之事而不骄不矜，其报国忠心和谦恭态

度，完全可与周公相提并论。所不同的是，周公辅佐成
王时，坏人曾散布流言中伤他；而诸葛亮辅佐刘禅，权
势虽不亚于周公，但国人不疑，流言不兴，这不能不说
是一个奇迹。罗大经《鹤林玉露》乙编卷五评诸葛亮曰：
"后主非明君也，左右非无谗慝也，孔明所谓诸有作奸犯
科者，宜付外廷论刑，所以绳束左右者，非不甚严也。
而当时曾无一人敢兴单辞之谤，后主倚信，亦卒无纤芥
之疑，何哉？只缘平时心事暴白，足以取信上下故也。
自三代而后，可谓绝无而仅有矣。"此可谓深知孔明
之言。

（十二）坐镇城固　静待魏军

建兴七年（229）冬，诸葛亮将北伐大营由原来沔阳
县阳平关之石马山移至南山下原上，并筑汉城于沔阳，
筑乐城于城固，继续准备以后的北伐。

但刚过了半年多时间，建兴八年（230）七月，魏国
大司马曹真向魏明帝上表，认为诸葛亮连续三次主动进
攻魏国，魏国都是被动防守，现在魏国应该主动出兵，
讨伐蜀国，数道并进，定可大胜，并建议主力应由斜谷
而入。司空陈群上表反对伐蜀，他主要是从山路险峻和
运粮困难方面着想，并举曹操当年讨伐张鲁，军粮不继
以为诫。魏明帝同意陈群的意见。曹真又上表建议从子
午道而入，陈群也上表反对。魏明帝下诏将陈群的意见

转给曹真，本意是想与曹真商度可否，但曹真锐意伐蜀，遂以诏为据而出兵。魏明帝本来也想早日消灭蜀国，他见曹真锐意发兵，便命司马懿和张郃两路配合，与曹真共同伐蜀。

坐镇城固　静待魏军

进攻蜀国的魏军分作三路：曹真统率的主力由子午道（一说由斜谷）南进，张郃由斜谷（一说由子午道）南进，司马懿由西城郡（今陕西安康）西进。三路大军欲会师汉中。

诸葛亮得知魏国兵分三路进攻汉中的消息后，进行了两方面的部署。第一，自己亲率主力坐镇于城固、赤阪，并不主动出击，而是以逸待劳，静待魏军。第二，命主持大后方军务的李严由江州率兵两万赴汉中增援。

李严此年改名为平。

魏国的三路大军八月间分道并进，适逢秋雨连绵，月余不停。司马懿自西城斫山开道，水陆并进，溯沔而上，小有所获。除此之外，曹真与张郃两路大军因栈道断绝，山路峻滑，兵众迫而难展，粮草远而难继，故出兵月余，仅行峡谷之半。在此情况下，少府杨阜、散骑常侍王肃上疏魏明帝，劝他下诏撤兵。于是，曹真等三路大军在九月间奉诏而归。与此同时，诸葛亮却派魏延西入羌中，大破魏雍州刺史郭淮于阳谿。

俗称诸葛亮北伐时曾经"六出祁山"，那是把这次魏国主动进攻也算在其内了。实际上，诸葛亮出兵北伐，只有五次，这次并不能算在其内，因为这次是魏国主动进攻，出兵"南伐"，诸葛亮只是积极防御，而且两国的主力也并未交锋。另外，诸葛亮五次北伐，只有第一次和第四次出兵祁山，并非每次都出兵祁山。所以，"六出祁山"之说，在文学作品和民间传说中虽然可以如此虚构，但它并不符合历史事实。

（十三）四次北伐 功败李平

建兴九年（231）二月，诸葛亮在距第三次北伐整两年后，进行第四次北伐。进军路线与首次北伐相同，即围攻祁山。同时又招鲜卑轲比能等少数民族首领，至故北地石城，遥为援应。

为了解决长期困扰北伐的运粮问题，诸葛亮采取了两条措施。一是命重臣李平（即李严）留守汉中，专门负责督运军粮。二是研制了一种叫作"木牛"的运载工具。所谓"木牛"，实际是一种人推独轮车，用其载一个人的全年口粮，每天走二十里，而推车者不会觉得太劳累。这种运载工具，现在看来虽然极为平常，但在当时却是重大的技术发明成果，对解决蜀军的山地运粮问题，起到了重要作用。

魏明帝得知诸葛亮围攻祁山，急忙调兵遣将。当时大司马曹真病重，不能领兵，明帝便把大将军司马懿由宛县调至长安，都督雍凉二州诸军事，命他统率车骑将军张郃、后将军费曜、征蜀护军戴陵、雍州刺史郭淮等共同抵御诸葛亮。

司马懿使费曜、戴陵留精兵四千守上邽（今甘肃天水西南），郭淮守雍县（今陕西凤翔），自己与张郃率领大军，西救祁山。诸葛亮也针锋相对，留王平率精勇兵士在祁山之南立屯扎营，继续围攻祁山，自己亲率大军东进上邽。上邽守将费曜与前来增援的郭淮合兵拦截诸葛亮，被诸葛亮击败。当时已是四月底，上邽一带小麦成熟，诸葛亮便命兵士抢割小麦，以资军粮。司马懿怕上邽有失，便带张郃回师救援，与诸葛亮相遇于上邽以东。诸葛亮急于决战，而司马懿却敛军据险，不与交兵。诸葛亮采取诱敌之策，从上邽以东退至卤城，司马懿与张郃也率军尾随而至。但司马懿到达卤城后，仍然登山为营，不肯与诸葛亮交战。张郃、贾栩、魏平等将领数次请战，并批评司马懿畏敌如虎，贻笑天下。在诸将一齐请战的情况下，司马懿不得已，便在五月辛巳日分兵两路，与蜀军决战：派张郃进攻祁山之南的王平大营；自己亲率大军进攻诸葛亮。张郃进攻王平，王平坚守不动，张郃久不能克。司马懿进攻诸葛亮，诸葛亮派魏延、高翔、吴班拒敌，大破魏军，斩首三千级，获玄铠五千领，角弩三千一百张。司马懿打了败仗，只得还保大营。

当时司马懿所率魏军共三十余万，诸葛亮所率蜀军本来就远远少于魏军，而恰在此时，蜀军中的部分兵士按规定又到了轮休时间。原来，诸葛亮自知蜀国地狭人稀，不可能在军队数量上与魏国较量，只能以旺盛的战斗力取胜。为了保证军队的战斗力，他采取了很多措施，其中重要一条就是对兵士实行分批定期的轮休制度。但此时正值两国大战的关键时刻，于是部属们都向诸葛亮建议，暂时停止轮休一月，以壮军势。而诸葛亮却说："我带兵打仗，以信义为本。从前晋文公不愿为了得到原国而失信于人，古人就很珍惜信义。现在该轮休的兵士正收拾行装以待行期，他们的妻子正翘首望夫而计算归日。虽然兵士减少后将面临作战的困难，但必须讲究信义而不能废弃轮休制度。"（原文见《三国志·诸葛亮传》裴松之注所引《蜀记》之"郭冲五事"其五）诸葛亮催

促该轮休的兵士立即起程回家，这使他们非常感动，纷纷表示愿意留下作战。尚未到轮休时间的兵士，也群情激奋，欢呼踊跃。大家都说："诸葛公的大恩大德，我们就是战死，也无法报答。"（原文见《三国志·诸葛亮传》裴松之注所引《蜀记》之"郭冲五事"其五）于是，一个个摩拳擦掌，斗志旺盛，准备与魏军决一死战。

正当诸葛亮准备乘胜消灭魏军主力之时，六月间，在汉中专门负责督运军粮的李平，派参军狐忠（即马忠）和督军成藩持信来到前线，宣称刘禅命诸葛亮立即退兵。诸葛亮虽觉惊疑，但君命难违，只得万分遗憾地全线撤退。司马懿见蜀军撤退，便派张郃追击。诸葛亮在青封木门道设下埋伏，射死张郃。

诸葛亮返回汉中后，方知此次退兵完全是由李平假传圣旨造成的。原来，诸葛亮出兵祁山时，命李平在汉中专门负责督运军粮，至六月间，天降霖雨，运粮不继，李平怕诸葛亮怪罪，便派狐忠和成藩假传圣旨，命诸葛亮退兵。蜀军撤回后，李平又佯装惊讶地说："军粮充足，为何退兵！"（原文见《三国志·李严传》）其目的是一方面想解脱自己督运军粮不力之罪责，另一方面想把退兵之责任推给诸葛亮。李平害怕刘禅追问退兵之事，又向刘禅上表说："大军假装撤退，目的是引诱敌人，与之决战。"（原文见《三国志·李严传》）诸葛亮出具李平先后写给自己的书信和上给刘禅的奏表，彻底揭穿了他欺上瞒下、玩弄两面派手法的阴谋诡计。在铁的事实面前，李平理屈词穷，只得低头认罪。

四次北伐　功败李平

李平曾与诸葛亮并受刘备遗诏，辅佐后主刘禅，是当时蜀国大臣中权力与地位仅次于诸葛亮的第二重臣。诸葛亮对于李平的为人，有个逐渐认识的过程。他在给孟达的信中曾经称赞过李平。当建兴七年（229）诸葛亮派陈震到吴国祝贺孙权称帝时，陈震在临行前曾向诸葛亮反映过李平的问题，说李平如同鳞甲，又硬又滑，其乡人都认为此人不可亲近。而诸葛亮当时认为，尽管李

平如同鳞甲，但只要不去触犯就行了。第三次北伐结束后，李平曾建议诸葛亮接受九锡，晋爵称王，其本意兼有为自己谋取更高权力和地位的想法。而诸葛亮当时虽然看出李平的用意，但并未公开批评他，只是委婉地对其加以规劝。建兴八年（230）魏军分三路进攻汉中时，诸葛亮命李平由江州率兵两万赴汉中增援，李平极力强调困难，不愿前往，并提出划分益州东部五郡另设巴州，自任巴州刺史。后经诸葛亮一再劝说，李平才勉强前往汉中。第四次北伐前夕，诸葛亮留李平主管汉中军政事务，并负责督运军粮，李平乘机要挟诸葛亮，暗示自己应该像魏国的司马懿那样，享有开设府署、召辟属吏的特权。诸葛亮当时虽然看出李平卑鄙自私的用心，但为了北伐大业，只得暂时满足其部分私欲，表荐其子李丰为江州都督，以隆崇其遇。大小官员都埋怨诸葛亮对李平过于宽厚，而诸葛亮则认为在大业未定、汉室倾危之际，与其揭发李平的错误，不如以表扬鼓励为好。当北伐大军受李平之骗而撤退时，李平自度奸计可能败露，遂生怨恨不满之心。他先托病向西逃至沮县（今陕西略阳东），听说大军将至沮县，又向南逃至江阳（今四川泸县）。后在参军狐忠的苦苦劝阻下，李平才停止逃跑，返回汉中。

对于李平的诸多错误，诸葛亮既有善意耐心的批评教育，同时为了顾全大局，搞好团结，又一再克制忍让，

求大同而存小异。但让诸葛亮意想不到的是，李平最终竟发展到假传圣旨，致使第四次北伐功败垂成的犯罪地步。在此情况下，诸葛亮不得不接连两次向刘禅上表，弹劾李平。但要处理这个托孤重臣，必须郑重其事。于是，诸葛亮第三次又会同刘琰、魏延等文武大臣二十余人，向刘禅呈上集体签名的奏表，建议对李平严加惩处。刘禅很尊重诸葛亮等人的建议，于八月间将李平削职为民，流徙梓潼郡（今四川梓潼）。

李平被流徙后，诸葛亮将其子李丰由江州都督改任为中郎参军，调他至成都丞相府任职。成都丞相府，原先是张裔为留府长史，主持相府工作；蒋琬为参军，辅助张裔。建兴八年（230）张裔死后，蒋琬升为留府长史，主持相府工作。现在诸葛亮将李丰调至相府任职，就是为了让他辅助蒋琬。为了让李丰正确对待父亲的问题，并鼓励他努力工作，诸葛亮给李丰写了一封长信说："我与你们父子同心协力，辅佐汉室，此不只世人所知，神明亦闻。我表荐你父主管汉中，任命你为江州都督，人们议论纷纷，我都没有听从。我原以为至诚之心，必会感动你们父子，使我们始终保持团结，不料中途却发生乖离。昔日楚国的令尹子文，屡被罢黜，又屡次官复原职。改过自新，就有前途，这是自然规律。希望你宽慰父亲，让他经常反省从前的过错。你父现在虽被解职，失去原先的权势家业，但仍有奴婢宾客百余人；你又以

中郎参军的身份在丞相府工作，比起一般权势之家，还
算是上等人家。若你父反省过错，一心为国；你与蒋琬
推心置腹，协力办事，则受过贬谪的人还可重新显达，
失去的官职还可重新得到。希望你仔细思考这一劝戒，
明白我的用心。我临写此信时，反复长叹，只能涕泣而
已。"（原文见《三国志·李严传》裴松之注引）李丰按
诸葛亮的教诲，发奋努力，后来官至朱提太守。而李平
在梓潼郡也盼望诸葛亮有朝一日能赦己之罪，重新起用。
但三年之后诸葛亮去世，李平自知希望成空，遂激愤发
病而死。

　　诸葛亮治蜀，实行法治，无恶不惩，无善不奖。在

无恶不惩　认罪从轻

惩恶方面，又特别强调法不阿贵，法不避亲，尤其对于犯了罪过而又游辞巧饰、不肯认罪的人，主张从严惩处。但是，诸葛亮在惩恶之时，又只追究违法者本人的责任，并不株连其家属。即使对于违法者本人，只要不是罪大恶极者，也坚持认罪从轻的政策，给他们一个改过自新、重新做人的机会。所有这些，从诸葛亮对李平问题的处理中都得到明显的验证。

当然在李平的问题上，诸葛亮也有责任。尤其是陈震曾向他反映过李平其人，如同鳞甲，又硬又滑，不可亲近，但并未引起诸葛亮的足够重视。对此，诸葛亮事后深感内疚，在写给蒋琬和董允的信中，曾让他们将自己的心情转告陈震，以示自责。

（十四）发展经济　治军讲武

第四次北伐结束后，诸葛亮用了将近三年时间准备下次北伐。准备工作的重点有两项：一是发展经济，并继续解决军粮运输问题。二是以法治军，教兵讲武。

蜀国的经济，以农业为主，工商业为辅。

在农业方面，蜀国的固有条件很好。四川盆地，河流纵横，水力资源，得天独厚。尤其是秦昭王时李冰父子所修的都江堰，不但消除了岷江水患，而且获得灌溉和航运之利。自此以后，成都平原，沃野千里，物产富饶，世号陆海，无所不出。在各种农作物中，以水稻产

量最高，史载亩产一般在三十斛左右，高者可达五十斛。刘璋统治益州时，即在成都积存了大量谷帛金银。刘备破成都后，置酒大飨士卒，只取金银分赐将士而还其谷帛，可见谷帛之多，并不稀罕。刘备在世时，经常率兵外出，留诸葛亮镇守成都，而诸葛亮大力兴农，保证了足食足兵。刘备死后，诸葛亮又闭关息民，务农殖谷，使农业生产得到进一步发展。到了驻兵汉中，连年北伐时，诸葛亮对作为农业水利命脉的都江堰尤为重视，专门派一千二百人严加看护，并设堰官以主其事。这当然对农业生产的发展起到重要作用。

在工商业方面，蜀国的盐铁业和织锦业都很有名。四川自古多盐井，且井水含盐量颇高，如临邛县盐井，一斛水可得五斗盐。而以铁矿著称的古石山，其矿石不但含铁量高，而且铁的质量甚优。刘备定益州后，诸葛亮建议设立盐铁专署，实行盐铁专卖。刘备以王连为司盐校尉，以吕乂、杜祺、刘干等为盐府属官，共同主持盐政，利入甚多，以裨国用；以张裔为司金中郎将，主持铁政，制作农战之器。蜀国的织锦业更为著名，当时在成都设有专管织锦的官署，故成都又称锦官城、锦城、锦里。而且，成都城南的锦江，亦因濯锦而得名，据说，锦濯锦江则鲜亮，濯他江则不好。刘备入益州后赏赐部下，所赐之物除金银外，主要就是蜀锦，如曾赐诸葛亮、法正、关羽、张飞锦各千端。因蜀锦既多且美，久享盛誉，故魏吴两国也大量进购。诸葛亮正是看到织锦业有巨大的经济效益，因此在北伐后期民贫国虚的情况下，除大抓农业生产外，还特别重视织锦业的发展，将其作为富国强兵、保证北伐的主要财政来源。此诚如诸葛亮自己所说："今民贫国虚，战胜敌人所需要的费用，只能依靠蜀锦。"（原文见《太平御览》卷八一五）盐铁业及织锦业等手工业的长足发展，不但进一步促进了手工业与农业的分工，而且促进了商业的发展。为了适应商品交换的需要，蜀国又大量铸造钱币，据《钱录》记载，当时蜀国的钱币就有直百钱、直百五铢钱等数种。刘巴即曾向刘备和诸葛亮建议铸直百钱以平抑物价，设立官市，结果数月之间，府库充实。对于蜀国工商业的繁荣情况，后来左思在《蜀都赋》中有过详细的描述。

由于蜀国在农业和工商业方面基础条件优越，加之诸葛亮措施得当，因此，整个经济情况还是比较好的，尽管蜀国地狭人稀，但诸葛亮仍能坚持连续北伐。

但是，国内粮食充足，并不等于前线军粮充足。就军粮而言，最为困扰诸葛亮的并不是后方无粮可运，而是粮食难以运至前线。诸葛亮北伐，全是在深山峡谷中行军作战，军粮运输十分困难。前几次北伐之所以无功而返，军中粮尽便是重要原因之一。为了彻底解决这个问题，诸葛亮采取了两项措施。一是在靠近前线的地方实行屯田，以减轻从大后方转运军粮的压力。如诸葛亮

曾命赵云在箕谷之赤岸屯田，又以吕义为汉中太守，兼领督农，实际也是让他在汉中屯田。二是改进运载工具。诸葛亮在第四次北伐时已经研制出"木牛"，用以运粮，后来他又研制了一种叫作"流马"的运载工具。关于"木牛"和"流马"的制作方法及功能作用，诸葛亮有《作木牛流马法》专门予以介绍。对于军粮运输问题，诸葛亮考虑得十分仔细周到，他甚至算出每年运粮所要耗费的车篷、竹筐、竹席，共需十万套，指示有关部门提前做好准备。

在发展经济，并继续解决军粮运输问题的同时，诸葛亮又以法治军，教兵讲武。今存《诸葛亮集》中有《军令》（十三条）、《兵要》（十则）、《兵法》（二则）等篇，所谈内容都是关于以法治军，教兵讲武之事。为了说明诸葛亮的治军讲武，这里不妨举其《兵法》第一则为例，窥一斑而知全豹。该则条文说："军队有七禁：一曰轻视军纪，二曰怠慢军令，三曰强盗恶习，四曰欺骗蒙蔽，五曰违背指挥，六曰行军混乱，七曰妨害营规。这些都是治军应该严加禁止的。如果期限已到，不来会合，听到鼓声，不肯前进，乘宽之机，擅自停留，回避不前，务求止息，初离队列尚近，后来越拉越远，呼唤姓名，不肯答应，盔甲不完备，兵器不齐全：这就叫轻视军纪，有这种行为的斩首。接受命令，不肯传达，或者传达不清，官兵疑惑，金鼓虽响，置若罔闻，旌旗虽动，熟视无睹：这就叫怠慢军令，有这种行为的斩首。
不供军粮，不发兵器，赏赐不均，偏袒亲信，随便拿人
物品，借人钱财不还，夺人所斩敌首，骗取军功名誉：
这就叫强盗恶习，有这种行为的斩首。如果姓名不真实，
军服不鲜洁，金鼓不完备，兵刃不锋利，器柄不坚硬，
箭尾不装羽，弓弩不上弦，主管官兵，不遵法令：这就
叫欺骗蒙蔽，有这种行为的斩首。听到鼓声，不肯前进，
鸣金之后，不肯停止，旗帜下按不卧伏，旗帜上举不起
立，不听指挥，避前留后，任意穿行，扰乱行列，致使
兵弩威力，受到影响，退却不斗，左躲右闪，借口抬死
扶伤，乘机返回军营：这就叫违背指挥，有这种行为的
斩首。军队出行，士卒抢先，纷纷扰扰，步骑混杂，阻
塞道路，后不得前，呼唤喧哗，声音难辨，不成行列，
扰乱次序，兵刃碰伤士兵，将官不理不睬，上上下下，
任意妄为：这就叫行军混乱，有这种行为的斩首。屯营
驻扎，问人籍贯，亲近同乡，紧密相随，同食共饮，互
相包庇，点名无人，跑入他营，扰乱次序，制止无效，
翻墙出入，不由门户，自做坏事，不报长官，知者不举，
罪过相同，聚众饮食，偏袒私恩，危言耸听，疑惑官兵：
这就叫妨害营规，有这种行为的斩首。"（原文见《诸葛
亮集》）通过以上这则兵法条文，即可看出诸葛亮以法治
军之严格，教兵讲武之细致。

发展经济　治军讲武

除此之外，诸葛亮又改进"连弩"，推演"八阵图"，对兵器进行技术改进，对阵法进行研究创新。"连弩"是一种装有机栝，可以连续发射的强弓。此弓古已有之，诸葛亮对其加以改进，以铁为矢，矢长八寸，一弩十矢俱发，使其威力更加强大。"八阵图"则是诸葛亮根据自己长期领兵作战的经验而推演总结出来的新阵法，在军事史上有重大贡献。八阵图虽已失传，但据后人研究推论，有的认为是指：方阵、圆阵、牝阵、牡阵、冲阵、轮阵、浮沮阵、雁行阵。有的认为是指：天、地、风、云、龙、虎、鸟、蛇八阵。据方志记载，诸葛亮曾聚石布成八阵图形，其遗迹有三说：一说在今陕西勉县定军山，一说在今四川奉节县东南长江岸边，一说在今四川新都县北牟弥镇。尽管后人对八阵图的解释不尽相同，但八阵图作为诸葛亮推演总结出的新阵法，在当时确实是非常先进周密的。

在经济得到发展和治军讲武取得明显成效后，建兴十一年（233）冬天，诸葛亮命诸军运粮，集中存放于褒斜谷南口，并修治褒斜谷栈道，准备来年春天出兵北伐。

（十五）五次北伐　身死退兵

建兴十二年（234）二月，诸葛亮在经过将近三年的精心准备后，率十万大军，以流马运载军粮，进行第五次北伐。诸葛亮可能已经意识到这是自己一生中的最后一次北伐，复兴汉室的愿望能否实现，将在此一举。

为了确保这次北伐取得胜利，诸葛亮认为仅靠蜀汉一国之力，尚不足以致曹魏于死地，必须联合盟友孙权，两面出兵，东西夹击。孙刘联盟在建兴元年（223）重新恢复之后，孙刘两方的关系一直很好。尤其是在建兴七年（229）诸葛亮派陈震出使东吴祝贺孙权称帝，并与孙权共立盟誓之后，孙刘联盟得到更进一步的巩固。自此以后，诸葛亮不仅与东吴的诸葛瑾、陆逊、步骘等大臣经常保持书信联系，而且与吴主孙权本人也经常书信往来，互赠礼品。例如，诸葛亮曾赠送给孙权一些白氅（用白牦牛尾制成的装饰品，为蜀国特产），孙权一再辞谢，诸葛亮便给孙权写信说："所送白氅很少，您却一再辞谢，使我更增惭愧。"（原文见《太平御览》卷三四一）

孙权于是收下白眊。对孙权的子侄辈，诸葛亮也与他们保持着良好的关系。例如，孙权的侄子孙松，善与人交，轻财好施，又能闻过即改，在镇守巴丘时，经常向陆逊咨询得失。一次，孙松小有过失，陆逊当面批评了他，孙松脸色大变，似有愤怨。不久，陆逊见孙松愤怨稍消，便对他说："您不把我当作鄙陋之人，多次前来探访，向我咨询得失，因此我才承来意而向您进言，但想不到您竟变色愤怨，这是为何？"孙松笑着说："当初我也是悔恨自己竟有如此错误的行事，所以才变色愤怨，哪有埋怨您的意思呢！"（原文见《三国志·孙松传》裴松之注引《吴录》）对孙松这位优秀的孙氏子弟，诸葛亮与他的关系也很亲密，两人曾互赠过不少礼品。蜀汉建兴九年（231）孙松病逝，诸葛亮深为悲痛。为了对孙松的去世表示哀悼，诸葛亮专门给其兄诸葛瑾写信说："我既受东吴之厚遇，对孙氏的子弟本来就怀有深厚的感情，何况孙松是个优秀人才，我更为之悲伤。每当见到他生前所送给我的礼物，便因此而感伤流泪。"（原文见《三国志·孙松传》）以上情况说明，在诸葛亮第五次北伐之前，吴蜀两国的联盟是非常巩固的，孙刘两方的关系是非常密切的。

正是在这种情况下，诸葛亮才郑重其事地给盟友孙权写了一封信，请他尽吴蜀联盟之义务，命将北征，配合蜀军，共靖中原，同匡汉室。诸葛亮在信中对孙权说：

"汉室不幸,纲纪废弛,曹贼篡逆,祸延至今。吴蜀两国结盟,都想发兵灭曹,但至今未遂心愿。我受昭烈皇帝(指刘备)之重托,敢不竭力尽忠。今蜀汉大军已会于祁山一带,曹魏狂寇将亡于渭水之滨。恳切希望您履行同盟义务,命将北征,共靖中原,同匡汉室。书不尽言,万望昭鉴。"(原文见《艺文类聚》)这次北伐的进军路线本来不是"祁山",但诸葛亮却在信中说蜀军已会集于"祁山"。之所以如此,可能是出于军事机密的考虑而故意这么说的。至于真正的进军路线,诸葛亮定会通过其他途径告知孙权。

联合盟友　五次北伐

此次北伐的进军路线是由褒斜谷直取关中。这基本上是首次北伐时魏延所建议的进军路线。当时诸葛亮因这条进军路线过于冒险而没有采纳魏延的建议，但他在第五次北伐时却终于由此出兵了。猜测诸葛亮此次出兵褒斜谷的原因，可能有两条。第一，在前四次北伐中，虽然第三次夺得武都、阴平两郡，但其地距关中过于遥远，根本不足以动摇曹魏政权的大局。其余三次，两出祁山，一攻陈仓，均遭失败。以上情况说明，采用迂回策略，很难奏效；即使小有所获，收效亦太慢。第二，自首次北伐至今，历时已整六年，随着时间的推移，曹魏政权日益巩固，而蜀汉国力则日渐虚弱。如果继续采用迂回出兵、徐图进取的策略，那么，无论从魏蜀两国的客观形势还是从诸葛亮本人的年龄身体等情况看，都越来越困难了。所以，一向谨慎小心的诸葛亮，在第五次北伐时不得不冒一定的风险而由褒斜谷直取关中。

蜀国的十万大军由褒谷口进入秦岭，经过两个月的艰苦跋涉，于四月间由斜谷口（今陕西眉县西南三十里）走出秦岭。诸葛亮非常高兴，立即派人飞报后主刘禅说："部队长途跋涉，道路非常难行，从进入褒谷口到走出斜谷口，所幸平安无事。"（原文见《太平御览》）

魏军一方的统帅仍是司马懿，他早在渭河南岸背水为垒，等待蜀军。司马懿当时对诸葛亮走出斜谷后的动向有两种估计："诸葛亮若为勇者，当越过武功水沿秦岭东进；若西上五丈原，则魏军便可高枕无事了。"（原文见《晋书·宣帝纪》）五丈原在斜谷口西侧（今属陕西岐山县），斜谷口以东十里左右，有一条由山中流出的河流，叫作武功水。诸葛亮出斜谷后，主力军果然西上五丈原，另派虎步监孟琰率领一部分人马东渡武功水，占据水东十余里处地势较高的马冢。过了几天，武功水突然上涨，司马懿乘诸葛亮难以渡水增援之机，出动一万骑兵进攻孟琰军营。诸葛亮则下令在武功水上架设竹桥，准备让弓箭手过河去射击魏军。司马懿见竹桥即将架成，便引军退去。魏国的雍州刺史郭淮认为，诸葛亮占据五丈原后，必然要争夺北原，打通北渡渭水的道路，司马懿便命郭淮抢先据守北原。魏军堑垒未成而蜀军果然大至，郭淮奋力迎击，诸葛亮只得退回五丈原。数日之后，蜀军大量西调，似乎要进攻魏军的西部防线。司马懿和郭淮都断定这是诸葛亮的声西击东之计，其目的在于进攻东部的阳遂，于是在阳遂留重兵防守。诸葛亮果然夜攻阳遂，但魏军早有准备，从容迎战于积石，诸葛亮不能得手，只得再次退回五丈原。

魏明帝见诸葛亮侨军远悬，利在急战，便命司马懿坚壁据守，以挫其锋，待蜀军粮尽撤退之时追而击之。司马懿按明帝的诏令，持重对敌，静观其变。诸葛亮虽然多次挑战，但司马懿总不应战。一次，诸葛亮派人送给司马懿一套巾帼服饰，羞辱嘲笑他胆小怯战，如同妇

人，欲激其应战。司马懿故意装作愤怒的样子，上表魏明帝，请求与诸葛亮决战，明帝派骨鲠之臣辛毗仗节为军师，到军中加以制止。后来诸葛亮又挑战，司马懿又装作将要应战的样子，而辛毗仍仗节立于军门加以制止。蜀军大将姜维不知司马懿的计谋，便对诸葛亮说："辛毗仗节而至，贼兵不会再出战了。"但诸葛亮却说："司马懿本无出战之心，他之所以故意向曹叡请战，只不过是向部下显示勇武而已。将在军，君命有所不受。如能战胜我军，他岂会千里请战！"（原文均见《三国志·诸葛亮传》裴松之注引《汉晋春秋》）诸葛亮此话真可谓猜透了司马懿的心思。

与前几次北伐一样，诸葛亮此次北伐原本也想速战速决。但在遭到几次挫折之后，特别是在司马懿拒不出战的情况下，诸葛亮觉得短期内无法战胜魏军，于是改变策略，准备与魏军进行持久战。为了解决部队久驻的军粮问题，诸葛亮采取了分兵屯田的措施，即抽出一部分士兵专门垦荒种地。由于诸葛亮军纪严明，因此屯田的士兵虽然杂处于渭滨居民之间，但百姓安居乐业，军民关系十分融洽。

诸葛亮在与司马懿对峙渭滨时，一直关心着盟友孙权一方的战况。孙权接到诸葛亮请求发兵配合的来信后，于五月间分三路出兵北伐：孙权亲率大军十万由巢湖口进攻合肥、新城；陆逊、诸葛瑾等率万余人由江夏、沔

口进攻襄阳；孙韶、张承等入淮进攻广陵、淮阴。孙权原先估计，由于诸葛亮正与司马懿对峙于渭滨，因此魏明帝不会亲自来到东部前线。但想不到魏明帝一方面派秦朗率步骑二万协助司马懿共拒诸葛亮，一方面于七月间亲御龙舟东征。魏军听说明帝亲征，士气非常高涨，全面反击吴军。当魏明帝还未到达前线时，东吴的三路大军已陆续败退。吴军败退之后，魏国群臣劝明帝亲至长安，鼓舞司马懿大军的士气。魏明帝说："孙权败逃，诸葛亮已被吓坏，有大将军司马懿对付他，我没有什么忧虑了。"（原文见《三国志·明帝纪》）于是从容地来到寿春，大飨士卒，封赏将领。

在吴军北伐之初，诸葛亮曾给吴国大臣步骘写信介绍过蜀军的部署情况，又曾给其兄诸葛瑾写信谈过家事。当时吴蜀两国东西夹击，互通情报，确实给魏国造成很大威胁。但吴国出兵两个月即告失败，这对诸葛亮无疑是个沉重打击，也使第五次北伐获胜的可能性变得更加渺茫。

吴军败退之后，司马懿更增强了战胜诸葛亮的信心。当其弟司马孚来信问及军事情况时，司马懿回信说："诸葛亮志向远大而不能预见机兆，多谋而缺少决断，好兵而无权术，虽率兵十万，但已落入我的圈套中，击破蜀军是肯定的了。"（原文见《晋书·宣帝纪》）此后，司马懿仍然一如既往，持重对敌，静观其变。

　　对于老谋深算、拒不出战的司马懿，诸葛亮无计可施，唯一的办法就是不断派人挑战。一次，诸葛亮又派使者至魏营下战表，但司马懿并不谈两军交战之事，只是关切地向使者询问诸葛亮的饮食起居及其事务之繁简。使者答道："诸葛公夙兴夜寐，处罚二十军棍以上的文件，都要亲自审阅；每天吃饭不过几盅。"使者答话的本意，原是为了对诸葛亮起早贪黑、事必躬亲、废寝忘餐的工作方法和高尚品德予以称赞，但精明诡谲的司马懿却从中获得了重要信息。使者走后，司马懿对部下说："诸葛亮食少事繁，身体已经疲惫不堪了，岂能久在人世，很快将死。"（原文均见《三国志·明帝纪》裴松之注引《魏氏春秋》）

　　果然不出司马懿所料。诸葛亮在与司马懿对垒相持的百余日中，由于军务繁杂，饮食不周，而他本人又坚持事无巨细、亲自料理的工作方法，因此到秋天便积劳成疾，一病不起。另外，战事毫无进展，更使诸葛亮心情郁闷不乐，病情越发加重。

　　后主刘禅得知诸葛亮病重，便派尚书仆射李福前往五丈原看望问候，并借此咨询国家大计。李福转达了刘禅的问候之后，与诸葛亮整整谈了一天。当李福离开五丈原多日，即将返回成都复命时，途中突然想起一件大事忘了询问，于是飞马返回。诸葛亮未等李福开口，便说："我知你返回之意，前几天虽谈论终日，但你意犹未尽，还有要事让我决定。你所问者，肯定是我死之后由谁继任丞相之事。我看蒋琬是最合适的继任者。"说罢，便将早已写好的推荐蒋琬为丞相的密表交给李福，托他转奏刘禅。李福很抱歉地说："前几天确实忘了问您这件大事，所以返回。我再问一下，蒋琬之后，谁可继任？"诸葛亮说："费祎可以继任。"（原文均见《三国志·杨戏传》裴松之注引《益部耆旧杂记》）李福又问费祎之后的继任者，诸葛亮则摇头不答。李福便返回成都复命。

李福走后，诸葛亮的病情日重一日。他自知将不久于人世，便强支病体，亲自向后主刘禅写了一生中最后一道奏表，内容是："臣在成都有桑树八百株，薄田十五顷，子弟衣食，自有余饶。至于臣本人在外任职，并无别的收入和开销，随身衣食，全靠公家供给，没有另谋生计，以长尺寸之利。臣死之日，绝不使内有余帛，外有余财，以负陛下。"（原文见《三国志·诸葛亮传》）写完奏表后，诸葛亮又对自己死后的丧葬事宜留下遗嘱："葬于汉中定军山，因山为坟，冢足容棺，敛以日常服装，不须随葬器物。"（原文见《三国志·诸葛亮传》）

弥留之际，诸葛亮最关心的是如何使十万蜀军在自己死后能够顺利退回汉中。此次北伐，跟随诸葛亮的主要部属有先锋魏延、长史杨仪、司马费祎、护军姜维。其中最让诸葛亮放心不下的是魏延与杨仪的关系。魏延善养士卒，勇猛过人，性情高傲，颇难驾驭，每次北伐，

他都要求自率精兵万人，直取关中，与诸葛亮异道会于潼关。诸葛亮制而不许，魏延便认为诸葛亮胆怯，并叹恨己才不能尽其所用。对于骄悍不羁的魏延，除诸葛亮能够驾驭之外，其他人多避而下之。杨仪精明干练，办事敏捷，每次北伐，他规划部署，筹度粮谷，不假思虑，顷刻而就，是诸葛亮处理军务的得力助手。但杨仪性情急躁，器量狭小，又瞧不起魏延，二人关系长期不和，势同水火，每至并坐争论，延或举刃向仪，而费祎常入座其间调解，方保无事。诸葛亮平日虽然常恨二人关系不和，但由于深惜杨仪之才干，须凭魏延之骁勇，因此不忍有所偏废，对二人并加重用。但诸葛亮估计自己死后，魏延可能会出事，于是秘密地将杨仪、费祎、姜维召至帐中，交代自己死后的退兵之事。诸葛亮的安排是：命魏延断后，姜维次之；若魏延拒不从命，大军便自行撤退。交代完这最后一件大事后，诸葛亮便怀着无限的惆怅与遗憾，于蜀汉建兴十二年（234）八月溘然长逝于五丈原军中，时年五十四。

诸葛亮死后，杨仪等人秘不发丧，整军出营。百姓奔告司马懿，司马懿急忙领兵来追。姜维命杨仪返旗鸣鼓，摆出似乎要反击的架势，司马懿以为诸葛亮未死，不敢逼近，敛军而退。于是，杨仪等人结阵而去，进入斜谷之后才正式发丧。过了一天，司马懿来到诸葛亮的五丈原营地，见其营垒坚固，部署有方，不由得赞叹道：

"真是天下奇才。"（原文见《三国志·诸葛亮传》）司马懿根据蜀军撤退后遗留散落在大营中的各种文书及粮草，断定诸葛亮必死无疑，但辛毗以为尚未可知。司马懿说："领兵之人最重视的，是军书密计、粮谷草料，今蜀军皆弃之而去，岂有人弃其五脏而可以生存。"（原文见《晋书·宣帝纪》）于是下令急追。蜀军撤退时，在沿途撒下很多蒺藜，用以阻挡魏国追兵。司马懿则命两千兵士穿着软材平底木屐走在前面，蒺藜悉被木屐粘去，后面的马步大军得以顺利前进。司马懿一直追到赤岸，才得知诸葛亮已死的准信，而蜀军已经去远，他只得下令退兵。当地百姓看到司马懿退兵，编为谚语讥笑道："死诸葛吓跑活仲达（懿字仲达）。"司马懿听了并不在意，只是自我解嘲地笑着说："吾能料定活人，不能料定死人。"（原

逝于五丈原　时年五十四

文均见《三国志·诸葛亮传》裴松之注引《汉晋春秋》)

确如诸葛亮临死时所料，从蜀军开始撤退，魏延就拒不从命，继而和杨仪闹翻，最后发展到兵戎相见。诸葛亮刚死，杨仪让费祎向魏延转达诸葛亮的退兵安排，并探测其想法。魏延说道："丞相虽亡，我自见在。相府属官可以护丧还葬，我自当率领诸军击贼，为何因一人之死而废天下之事？况且，我魏延是何等之人，岂可受杨仪约束，作断后将军。"于是强留费祎，与他商议何人该护丧而还，何人该留下击贼，并要费祎手书商议结果，与己联名，下告诸将。费祎哄骗魏延说："让我回去向杨长史解释，杨长史是文吏，缺少军事经验，必不违命。"(原文均见《三国志·魏延传》)费祎出门后驰马而去，魏延虽然后悔，但已追之不及。魏延派人窥视杨仪等人的动向，得知他们将按诸葛亮的安排退兵，遂大怒，抢先率部提前南归，所过烧绝栈道。杨仪等人亦随魏延之后，斜砍山坡，开通道路，昼夜兼程，急速南归。途中，魏延与杨仪各向后主刘禅上表，揭露对方谋反，一日之中，羽檄交至。刘禅不能分辨谁真谁假，便问蒋琬和董允。蒋琬和董允都保杨仪而疑魏延。魏延抢先据守褒谷口，并率兵迎击杨仪，杨仪亦派王平出战。王平叱责魏延等人道："丞相新亡，尸骨未寒，尔等何敢如此！"(原文见《三国志·魏延传》)魏延的部下深知曲在魏延，不为用命，皆一哄而散。魏延独与其子数人逃奔汉中，杨仪派马岱追而斩之。马岱将魏延首级送给杨仪,杨仪踩着首级骂道:"庸奴,还能作恶否!"(原文见《三国志·魏延传》)遂诛灭魏延三族。至此,蜀军撤退时的一场军事危机,在诸葛亮生前的预先安排和杨仪等人的果断处置下,终告平息。

(十六)没世遗爱　民有哀思

杨仪等人护送诸葛亮的灵柩并统率大军回到汉中后,全蜀举哀,万众悲恸。后主刘禅派年近七旬的左中郎将杜琼奉诏策至汉中致祭,给诸葛亮以极高的评价,并赐以丞相武乡侯印绶,谥以忠武。按诸葛亮的生前遗嘱,他被葬于汉中郡沔阳县(今陕西勉县)的定军山。坟墓至今犹存。

诸葛亮初亡,蜀国各地百姓纷纷请求在当地为他立庙,但朝议以渎而无典、不合礼秩为由,不予允许。大臣中又有人建议为诸葛亮立庙于成都,但后主刘禅以逼近宗庙为由,也不允许。在此情况下,包括西南少数民族在内的全蜀百姓,有感于诸葛亮之遗爱,每年都按季节私祭于阡陌郊野,用以表达对诸葛亮的哀思怀念之情。多年之后,步兵校尉习隆、中书郎向充等人共同上表建议:为诸葛亮在沔阳县坟墓附近立庙,使其亲属以时致祭;其门生故吏欲致祭者,亦限于庙;禁绝民间私祭,以崇国家正礼。刘禅允许,于是在景耀六年(263)春天

下诏，为诸葛亮立庙于沔阳，而此时距诸葛亮去世已经二十九年了。立庙当年之秋，魏国镇西将军钟会伐蜀，军至沔阳时，曾亲祭诸葛亮之庙，并严令兵士不得在诸葛亮坟墓附近放牧砍柴。钟会以魏国将领而在蜀相诸葛亮去世二十九年之后，仍对他如此敬重，这更可见诸葛亮的影响在当时越出了"三国"之国界，即使敌对之国，对他的人品也极为佩服。

诸葛亮的弟弟诸葛均，仕蜀官至长水校尉。

诸葛亮的儿子诸葛瞻，字思远，出生于建兴五年(227)，诸葛亮去世时，他才八岁。十七岁娶刘禅之女为妻，拜骑都尉，次年为羽林中郎将，屡迁射声校尉、侍中、尚书仆射，加军师将军。诸葛瞻工于书画，博闻强记，才思敏捷，颇有声望。由于蜀人追思诸葛亮，爱父而及于子，因此朝廷每有善政佳事，虽非诸葛瞻建言首倡，但百姓仍互相转告，认为是诸葛瞻的功劳。这样一来，诸葛瞻的声望更高，竟有些名过其实了，在景耀四年(261)升为行都护卫将军，平尚书事。炎兴元年(景耀六年八月改元炎兴元年，即263)冬，魏国征西将军邓艾伐蜀，自阴平行经无人之地七百余里，直逼江油(今四川江油)，蜀国守将马邈出降。魏军继续南下，诸葛瞻督诸军驻于涪县(今四川绵阳东)待敌，因指挥失误而被邓艾击破前锋，只得退守绵竹(今四川绵竹)。邓艾知道诸葛瞻的祖籍是琅琊，便派使者给他送信说："若投降，我必上表魏帝，封你为琅邪王。"（原文见《三国志·诸葛亮传》）诸葛瞻大怒，斩杀使者，列阵以待魏军。邓艾派其子邓忠与行军司马师纂左右夹击。二人初战失利而退还，邓艾严令再战。邓忠与师纂驰马再战，遂斩诸葛瞻与张遵、黄崇等，而诸葛瞻时年三十七。诸葛瞻的长子诸葛尚见父亲殉国，叹息道："父子同受国家重恩，不能早斩奸臣黄皓，以致今日之败，活着还有何用！"（原文见《三国志·诸葛亮传》裴松之注引《华阳国志》）于是驰赴魏军，冲阵而死。诸葛瞻虽然智不足以扶危，力不足以拒敌，但他不负其君之恩，不改其父之志，亦可谓忠孝两全之人。

没世遗爱　民有哀思

诸葛瞻战死绵竹后，邓艾进军雒县（今四川广汉

北），逼近成都。后主刘禅束手无策，出城投降，蜀国即告灭亡。蜀国灭亡后，诸葛瞻的次子诸葛京与诸葛乔（诸葛亮养子）的孙子诸葛显等，在魏元帝咸熙元年（264）被内移至河东郡（今山西夏县西北）。此后，诸葛显就不知下落了。咸熙二年（265，十二月改为晋泰始元年）司马炎篡魏建晋后，因对诸葛亮、诸葛瞻父子的人品极为推崇，便以诸葛京为郿县（今陕西郿县）令。诸葛京治郿颇著政绩，受到尚书仆射山涛的称赞，后来又被荐举为东宫舍人。历史有时真会捉弄人，诸葛京是诸葛亮的孙子，而晋武帝司马炎是司马懿的孙子。诸葛亮与司马懿，生前是老对手，想不到他们去世数十年之后，诸葛亮的孙子竟成为司马懿的孙子统治下的臣民。我们指出这一点，不但不是为了以成败论英雄，反而是为了说明这样一个事实：诸葛亮之遗爱所及，不但使当时一般老百姓像"《甘棠》之咏召公，郑人之歌子产"（《三国志·诸葛亮传》）那样歌颂思念他，即使司马懿的孙子司马炎，在当了皇帝之后也对诸葛亮极为推崇，怀念有加。史载司马炎诏曰："诸葛亮在蜀，尽其心力，其子瞻临难而死义，天下之善一也。"（《三国志·诸葛亮传》裴松之注引《晋泰始起居注》）又载："樊建为给事中，晋武帝问诸葛亮之治国，建对曰：'闻恶必改，而不矜过，赏罚之信，足感神明。'帝曰：'善哉！使我得此人以自辅，岂有今日之劳乎！'"（《三国志·诸葛亮传》裴松之注引

《汉晋春秋》）正是因为诸葛亮之遗爱，不但及于蜀国，而且及于魏国，不但及于三国时期，而且及于晋代，所以他的孙子诸葛京作为亡国被俘之人，不但在魏晋两朝得以立足，而且职位还逐渐得到升迁。后来诸葛京又担任过江州（今江西九江）刺史，而江州是晋惠帝元康元年（291）始分荆扬二州之地所置，所以诸葛京起码在元康元年仍在世。此后的情况，正史无记载，我们便不能妄加臆测了。

当诸葛亮在蜀为丞相时，其兄诸葛瑾在吴为大将军，其族弟诸葛诞亦显名于魏。一门三国，各为冠盖，天下荣之；兄弟三人，各为其主，天下亦义之。这种情况在中国古代历史上，可谓绝无仅有。诸葛诞虽然在魏甘露二年（257）因受猜疑而谋反，次年兵败被杀，但那已是诸葛亮和诸葛瑾相继去世多年之后的事了。

在诸葛氏兄弟三人中，最为后人哀思怀念者无疑是诸葛亮。自晋代开始，除了原先沔阳县的诸葛亮庙之外，在成都、白帝城、五丈原等诸葛亮曾经活动过的地方，也陆续为他建庙立祠。普通百姓临祠而祭祀者，自然多不胜数。文人墨客临祠而赋诗者，亦代不乏人，其中最为著名的诗歌当数唐代杜甫的两首七言律诗。一首是临白帝城武侯祠（诸葛亮庙）所作的《咏怀古迹五首》其五："诸葛大名垂宇宙，宗臣遗像肃清高。三分割据纡筹策，万古云霄一羽毛。伯仲之间见伊吕，指挥若定失萧

曹。运移汉祚终难复，志决身歼军务劳。"另一首是临成都武侯祠（诸葛亮庙）所作的《蜀相》："蜀相祠堂何处寻，锦官城外柏森森。映阶碧草自春色，隔叶黄鹂空好音。三顾频烦天下计，两朝开济老臣心。出师未捷身先死，长使英雄泪满襟。"两首诗对诸葛亮都是先赞扬歌颂，后哀思惋惜。其中"出师未捷身先死，长使英雄泪满襟"两句，尤为著名，可谓代表了后人对诸葛亮普遍的哀思惋惜之情。

四、事功得失简评

为历史人物立传，不但应该有评价，而且应该将思想评价与事功评价结合起来，不可偏废。但根据本书的撰写要求，却不可能以大量篇幅对诸葛亮进行全面评价。所以，这里只能偏重于对诸葛亮的事功得失加以简评。

诸葛亮一生的五十四年间，二十七岁以前隐居未仕，二十七岁以后出山辅佐刘备与刘禅父子。前二十七年的事迹，史籍记载甚少；后二十七年的事迹，史籍记载渐多。尤其是在辅佐刘禅时期，诸葛亮实际成为蜀汉的最高执政者，国家的重大事情，几乎都和他有关。诸葛亮从政二十七年间的事业功绩是多方面的，若要而言之，则首在政治，次在军事。因此，他既是著名的政治家，也是

著名的军事家。

（一）

作为著名政治家的诸葛亮，其主要事业功绩有两方面。一是在理论方面撰写了不少政治理论著作，如《蜀科》（与法正等人合著）、《法检》（已佚）、《科令》（已佚）、《隆中对》、《说孙权》、《答法正书》、《出师表》等。这些政治理论著作，有的是他政治实践的指导思想，有的是他政治实践的经验总结。二是在实践方面有以下四大功绩。

第一，在"隆中对策"时为刘备做出了成就霸业、复兴汉室的战略决策。

建安十二年（207），诸葛亮在"隆中对策"时首先为刘备分析了天下的总体形势和五大集团的具体形势，最后为刘备做出了成就霸业、复兴汉室的战略决策："若跨有荆、益，保其岩阻，西和诸戎，南抚夷越，外结好孙权，内修政理；天下有变，则命一上将将荆州之军以向宛、洛，将军身率益州之众出于秦川，百姓孰敢不箪食壶浆以迎将军者乎？诚如是，则霸业可成，汉室可兴矣。"（《三国志·诸葛亮传》）这实际是一个分两步实施的战略决策。

第一步：夺取刘表的荆州和刘璋的益州（包括张鲁的汉中郡），派兵驻守险要之地，与西南两边的少数民族搞好关系，和睦相处；对外，与孙权结成共抗曹操的联盟，对内，整顿改进政治。第一步是为了达到阶段性目的，即：使刘备夺取荆州和益州作为建立国家政权的基地，首先成就霸业，形成与曹操、孙权鼎足而立的局面。

第二步：待天下形势有变，就从东西两路出兵北伐。东面一路由一员上将率领，从荆州出发，直趋宛（今河南南阳）、洛（今河南洛阳），夺取中原。西面一路由刘备亲自率领，从益州出发，翻越秦岭，夺取关中。第二步是为了达到最终目的，即：使刘备最终消灭曹操集团，复兴汉室。

诸葛亮的以上战略决策，为刘备设计了成就霸业、复兴汉室的总体规划和具体的实施步骤，集中表现了诸葛亮统观全局、预测未来的杰出政治才能和对刘备集团的巨大政治贡献。对于闯荡半生、漂泊不定、到处寄人篱下而始终一事无成的刘备来说，诸葛亮的战略决策如同一盏明灯，不但使他从此明确了总体的奋斗目标，而且明确了具体的方针政策。后来刘备集团就是按诸葛亮这个战略决策进行发展的，并使战略决策的第一步得以圆满实现。

第二，辅佐刘备成就霸业。

诸葛亮在这方面的功绩主要有三点。

一是通过赤壁之战帮助刘备夺得荆州。要成就霸业，按诸葛亮的战略决策，首先必须夺取荆州。而夺取荆州

的重任，主要是由刘备和诸葛亮通过赤壁之战完成的。在赤壁之战中，刘备集团夺得荆州七郡中的武陵、长沙、桂阳、零陵四郡；战后不久，刘备又向孙权借得南郡，使其在荆州的地盘达到五郡，占领了荆州的绝大部分地区。刘备自汉灵帝中平元年（184）镇压黄巾起义军开始，至汉献帝建安十三年（208）赤壁之战以前为止，二十多年来一直漂泊不定，寄人篱下，先后依附公孙瓒、陶谦、曹操、袁绍、刘表等人，自己从来没有固定而独立的基地。而诸葛亮通过赤壁之战帮助刘备夺得荆州，首次改变了刘备无处立足的困境，使刘备成就霸业有了第一个基地。

二是为刘备夺得益州作出了重要的贡献。要成就霸业，按诸葛亮的战略决策，在夺取荆州之后，还必须夺取益州（包括汉中郡）。夺取益州的重任，虽然主要是由刘备和法正通过夺取成都之役和夺取汉中之役完成的，但诸葛亮对夺取益州也作出了重要的贡献。在刘备和法正由荆州率军入蜀进行夺取成都之役的将近三年的时间里，诸葛亮以绝大部分时间为刘备留守荆州，出色地完成了留守后方和后勤保障的重任，在战役的最后四五个月里，诸葛亮又曾率军入蜀增援，协助包围成都。在刘备和法正由成都率军入汉中进行夺取汉中之役的整一年的时间里，诸葛亮一直为刘备留守成都，同样出色地完成了留守后方和后勤保障的重任。所以，在刘备夺取益

州的过程中，虽然法正立了首功，但诸葛亮也作出了重要的贡献。夺得益州，使刘备成就霸业有了第二个基地。

三是帮助刘备建立了蜀汉政权。刘备自建安十三年 (208) 赤壁之战开始，至建安二十四年 (219) 五月占领汉中为止，用了十一年时间先后夺得荆州和益州，使诸葛亮"跨有荆、益"的战略决策得以圆满实现。有了荆州和益州这两个基地，按诸葛亮的战略决策，还必须建立国家政权，才算成就霸业。

刘备建立蜀汉政权，分为两步，而诸葛亮在整个过程中都起了很大的作用。

第一步是建安二十四年 (219) 七月诸葛亮等人拥立刘备为汉中王。当时天下的大体情况是：汉献帝刘协虽然实际上已无任何权力，形同虚设，但名义上仍是汉朝的皇帝，仍是统辖诸侯的天子，仍是天下最高的统治者。曹操以丞相身份虽然实际上已独揽朝政，完全控制了汉献帝，但名义上仍是汉献帝所封的魏国（国都在邺，即今河北临漳西南邺镇一带）的国王，仍是诸侯，仍要听命于汉献帝。孙权虽然实际上已是实力仅次于曹操的独立势力，但名义上仍是汉献帝的臣子，只是因在赤壁之战时得罪曹操，故汉献帝不敢赐给他诸侯的爵位。至于刘备，本为汉室皇族后裔，他一直拥戴汉献帝，认为曹操是汉朝的奸臣，有篡汉夺位的野心；而诸葛亮为刘备作战略决策之目的，就是首先成就霸业，然后消灭曹操

集团，复兴汉室。以上情况决定了刘备第一步所要建立的国家政权，其性质只能是诸侯之国，其最高级别只能是诸侯之国中的"王国"，而刘备本人最高只能称"王"，不可能称"帝"。建安二十四年（219）七月，即刘备夺取汉中两个月之后，诸葛亮和法正等一百二十人联名上表汉献帝，拥立刘备为汉中王。表文一方面声讨曹操的罪行，一方面陈述刘备的功绩，并说明分封刘备为汉中王的重要性和必要性。诸葛亮和法正等人明知，在曹操控制着汉献帝的情况下，奏表肯定不能送达汉献帝手中，即使送达，毫无自主权的汉献帝也不敢批准；但是，由于刘备建国称王，如同汉初的分封诸侯王国，理应得到天子的批准，否则便是自专行为，有矫诏之罪，因此，尽管明知上表之举只是徒具形式，但为了表示对汉献帝的尊重，仍然必须上表。此后，刘备乃于建安二十四年（219）七月在汉中郡沔阳县（今陕西勉县东）正式称汉中王，并以汉中王的身份上表汉献帝，表示要"尽力输诚，奖励六师，率齐群义，应天顺时，扑讨凶逆，以宁社稷，以报万分"（《三国志·先主传》）。中国古代称诸侯中的领袖人物为"霸"，如春秋时期的齐桓公、晋文公等"五霸"，其主要作用是联合并统率各诸侯国共同匡扶天子，消灭不听从天子命令的叛逆势力。诸葛亮在"隆中对策"时所作战略决策的第一步，就是使刘备夺取荆、益二州作为建立国家政权的基地，首先成就霸业，在此基础上，再联合其他诸侯国（如孙权）共同匡扶汉献帝，消灭有篡汉夺位野心的曹操集团。而诸葛亮和法正等人拥立刘备为汉中王，则使刘备终于正式成就了霸业。

第二步是建安二十六年（221）四月诸葛亮等人拥立刘备为汉帝。当时天下的大体情况是：魏王曹操在建安二十五年（220）正月病死，其子曹丕嗣位为魏王，改建安二十五年为延康元年。此年十月，汉献帝被迫禅位，汉朝灭亡，曹丕即帝位，国号为魏，建都洛阳，又改延康元年为黄初元年。十一月，曹丕降封汉献帝为山阳公。孙权在建安二十四年（219）十二月因夺荆州而杀关羽，故被曹操表奏汉献帝，封为南昌侯。为了对付刘备为关羽报仇，孙权在曹丕称帝之后，又主动向曹丕表示亲近，与曹丕结成联盟。在曹丕称帝、汉朝灭亡、孙权又与曹丕结成联盟的情况下，汉中王刘备仍然忠于汉朝，继续使用汉献帝的建安年号。建安二十六年（221，即曹丕黄初二年）初，远在成都的刘备和诸葛亮等人闻听传言，误以为汉献帝已被曹丕害死，于是为汉献帝发丧，追谥为"孝愍皇帝"。此年四月，群下八百余人先后上书，请刘备即帝位以承汉统，而刘备一再谦让未允。诸葛亮和许靖等人接着上书刘备曰："曹丕篡弑，湮灭汉室，窃据神器，劫迫忠良，酷烈无道。人鬼忿毒，咸思刘氏。……伏惟大王出自孝景皇帝中山靖王之胄，……宜即帝位，以纂二祖，绍嗣昭穆，天下幸甚。"（《三国志·先主传》)诸葛亮还单独对刘备说:"今曹氏篡汉,天下无主,大王刘氏苗族,绍世而起,今即帝位,乃其宜也。"(《三国志·诸葛亮传》)诸葛亮等人的以上这些话,为刘备第二步所要建立的国家政权重新确定了性质,即建立继承汉朝政权的天子之国,刘备本人继承汉献帝而即位称帝,是天下最高的统治者。刘备最终接受了诸葛亮等人的建议,乃于建安二十六年(221)四月在成都正式即帝位,国号仍为汉,世称蜀,亦称蜀汉,改建安二十六年为章武元年,以诸葛亮为丞相。

刘备在诸葛亮等人帮助下,第一步建立诸侯之国而称汉中王,第二步建立天子之国而称汉帝,从名义上看,虽然后一次的称帝远远高出前一次的称王,但实际上蜀汉的国力却是后不如前。刘备称汉中王时,跨有荆、益二州,事业蒸蒸日上,是国力最为强盛之时。刘备称汉帝时,关羽已死,荆州已失,只剩下一个益州,蜀汉的国力开始由盛转衰。刘备称帝后,又为关羽报仇而讨伐孙权,结果兵败夷陵,损失惨重,蜀汉的国力更由盛转衰。所以,刘备建天子之国而称汉帝,虽然名义上继承了汉朝的帝业,但实际仍是霸业,而且与称汉中王时的霸业相比,已日渐衰微。

第三,辅佐刘禅维持蜀汉政权,并以复兴汉室为己任,鞠躬尽力,死而后已。

刘备于章武三年(223)四月去世后,十七岁的刘禅

于此年五月继承帝位，改章武三年为建兴元年，仍以诸葛亮为丞相。从此，四十三岁的诸葛亮奉刘备的托孤之命，开始辅佐刘禅，直至建兴十二年（234）秋天五十四岁去世，历时长达十一年。诸葛亮辅佐刘禅时期，蜀汉的情况与刘备时期相比，颇为特殊，这主要有以下两点。

一是刘禅本人的素质远远低于刘备。刘备比诸葛亮大二十岁，他在得遇诸葛亮之前，已经闯荡半生，谙熟世事，积累了丰富的政治经验和军事经验；四十七岁得遇诸葛亮之后，很多大事虽由诸葛亮提出建议，但所有大事仍由刘备最后裁定决断，而且，每次战役，也都由刘备统率大军，亲临前线指挥。史称刘备"弘毅宽厚，知人待士，盖有高祖（指汉高祖刘邦）之风，英雄之器焉"（《三国志·先主传》），这说明他具有创业之主的超凡气度和杰出才能。正由于刘备本身素质很高，因此诸葛亮对刘备所起的作用，是名副其实的辅佐作用，而不是代替作用。刘禅比诸葛亮小二十六岁，他在即位之前，一直养尊处优，不谙世事，更谈不上有政治经验和军事经验；十七岁即位之后，也是个扶不起的天子。史称刘禅"任贤相则为循理之君，惑阉竖则为昏暗之后"（《三国志·后主传》），这说明他毫无主见，是个完全依靠别人代为主事的庸才。不过刘禅也有自知之明，《三国志·后主传》裴松之注引《魏略》曰："及禅立，以亮为丞相，委以诸事，谓亮曰：'政由葛氏，祭则寡人。'亮亦

以禅未闲于政，遂总内外。"刘禅自知无能，便主动将祭祀之外的所有政事全交给诸葛亮代为处理，而诸葛亮亦因刘禅不熟悉政事，遂总揽内外大权。此诚如《三国志·诸葛亮传》所说："及备殂没，嗣子幼弱，事无巨细，亮皆专之。"正由于刘禅本身素质很低，因此诸葛亮对刘禅所起的作用，名为辅佐，而实为代替作用，他实际上已成为蜀汉的最高执政者。当然，诸葛亮虽然权力很大，但一直谦恭谨慎，忠心事主，对此，本书在前面已专门谈过，此不赘述。

二是刘备留给刘禅的是一个日渐衰微的蜀汉政权。诸葛亮曾对刘禅说："先帝东连吴越，西取巴蜀，举兵北征，夏侯授首，此操之失计而汉事将成也。然后吴更违盟，关羽毁败，秭归蹉跌，曹丕称帝。凡事如此，难可逆见。"（《三国志·诸葛亮传》裴松之注引《汉晋春秋》）这是说就在刘备称汉中王而复兴汉室的事业即将取得成功之时，形势却急转直下，发生了诸葛亮始料不及的一连串不利于刘备的变化。尤其是关羽丢失荆州和刘备兵败夷陵，对蜀汉的影响最大，使蜀汉从此元气大伤，日渐衰微，只能囿于益州一隅之地。而刘备留给刘禅的，正是这样一个日渐衰微的蜀汉政权。

正因为诸葛亮辅佐刘禅时期，蜀汉的情况与刘备时期相比，有以上两大特殊之处，所以，诸葛亮在辅佐刘禅时期的责任就更为重大。

诸葛亮在辅佐刘禅时期的重任，从大的方面讲，无非是两项。一是首先维持住日渐衰微的蜀汉政权，使其不被曹魏所灭。二是在维持蜀汉政权的基础上，再北伐曹魏，复兴汉室。为了完成这两项重任，诸葛亮做了许多工作，如：广开言路、恢复联盟、奖善惩恶、整顿吏治、攻心为上、平定南中，五次出兵、北伐曹魏，以及以法治蜀、发展经济等等。这些问题，本书在前面都已谈过，有些问题在后面还要专门谈论。这里只对诸葛亮为了复兴汉室而进行的北伐曹魏的五次战役从政治角度作一简单的分析。诸葛亮在辅佐刘禅的十一年间，以最后的七年时间进行了五次北伐曹魏的战役（如果加上首次北伐前在汉中的准备时间，则为八年），可见，北伐曹魏是诸葛亮辅佐刘禅时期经营时间最长、倾注心血最多的头等大事。诸葛亮对魏强蜀弱的客观形势非常清楚，但他之所以坚持连续北伐，知其不可而为之，主要恐怕是基于以下想法：第一，蜀汉政权历来以汉朝正统继承者自居，以复兴汉室为号召。诸葛亮只有主动出兵伐魏，才能说明蜀汉政权存在的意义；否则，便等于在名义上自降为割据势力，其生存将十分困难。第二，诸葛亮主动出兵伐魏，实际是以攻为守的策略。魏国以其强大的兵力，曾多次主动攻吴，亦曾主动攻蜀。诸葛亮深知，仅靠被动防守，是防不胜防的，与其被动防守，不如主动进攻，以攻为守。第三，诸葛亮看到自己与刘备多年

搜罗的人才日渐凋零，他深感随着时间的推移，形势会越来越严峻，在自己死后，将无人能与曹魏抗衡，与其坐以待亡，不如及早进攻。第四，诸葛亮主动出兵伐魏，也不排除侥幸取胜的心理。以上想法，当然都是可以理解的，也是有一定道理的。诸葛亮的主观努力虽因客观形势的制约而最终失败，但他毕竟实践了自己"鞠躬尽力，死而后已"（《三国志·诸葛亮传》裴松之注引《汉晋春秋》）的诺言。

诸葛亮在辅佐刘禅时期，虽因客观形势的制约而未能完成复兴汉室的重任，但却出色地完成了维持蜀汉政权的重任，使刘备去世时日渐衰微的蜀汉政权在刘禅即位后得以重新振兴，并在诸葛亮去世后仍延续了二十九年。杜甫《蜀相》诗云："三顾频烦天下计，两朝开济老臣心。"其中"两朝开济老臣心"一句对诸葛亮在刘备和刘禅两个时期的不同功绩作了高度概括：在刘备时期，诸葛亮的主要功绩是"开"，即辅佐刘备开创基业；在刘禅时期，诸葛亮的主要功绩是"济"，即辅佐刘禅匡济危局。杜甫的这个概括是非常准确的。

第四，以法治蜀，成效卓著。

诸葛亮自刘备夺取成都开始，一直坚持以法治蜀。对于诸葛亮的以法治蜀，陈寿在《三国志·诸葛亮传》中高度评价说："科教严明，赏罚必信，无恶不惩，无善不显，至于吏不容奸，人怀自厉，道不拾遗，强不侵弱，

风化肃然也。"又说："诸葛亮之为相国也，抚百姓，示仪轨，约官职，从权制，开诚心，布公道；尽忠益时者虽仇必赏，犯法怠慢者虽亲必罚，服罪输情者虽重必释，游辞巧饰者虽轻必戮；善无微而不赏，恶无纤而不贬；庶事精练，物理其本，循名责实，虚伪不齿；终于邦域之内，咸畏而爱之，刑政虽峻而无怨者，以其用心平而劝戒明也。"这两段话，既谈了诸葛亮以法治蜀的措施，也谈了诸葛亮以法治蜀的成效。其措施概括而言之，就是实行严刑峻法。其成效则是人们对诸葛亮都畏而爱之，官吏不敢为非，人人自励向善，形成了道不拾遗、夜不闭户、强不侵弱、风化肃然的良好社会风气。

实行法治，如果在具体执行中出现偏差，则往往会激起民怨，产生负面影响，中国古代的法家在这方面是有深刻教训的。但诸葛亮的以法治蜀，却成效卓著，究其原因，大体有五：一是诸葛亮继刘璋法令废弛之后，拨乱反正，以矫时弊，故法令虽严，但符合民情。二是诸葛亮本人正身律己，廉洁奉公，率先垂范，带头守法。三是诸葛亮执法公正，用心端平，不袒权贵，不枉庶民。四是诸葛亮执法准确，宽严合度，尊重事实，赏罚有据。五是诸葛亮预为劝戒，使民知法，谕之于前，行之于后。正是由于以上原因，因此诸葛亮虽然实行法治，但却成效卓著，没有产生负面影响。

另外必须特别指出的是，诸葛亮以法治蜀所取得的

卓著成效，并不仅仅表现在陈寿所说的"吏不容奸，人怀自厉，道不拾遗，强不侵弱，风化肃然"等吏治与社会风气方面。除此之外，诸葛亮以法治蜀，还使蜀国的政治得以稳定，经济得以发展，军力得以增强，从而保证了在三国鼎立的形势下，能与强大的魏国长期抗衡。

以上诸葛亮在实践方面的战略决策、辅佐刘备、辅佐刘禅、以法治蜀四大政治功绩，连同前述他在理论方面的政治功绩，共同奠定了诸葛亮作为著名政治家的坚实基础。陈寿在《三国志·诸葛亮传》中对诸葛亮在实践方面的以上四大政治功绩，都给予很高的评价。所以，诸葛亮不但是三国时期最著名的政治家之一，而且是整个中国古代历史上最著名的政治家之一。

（二）

作为著名军事家的诸葛亮，其主要事业功绩也有两方面。一是在理论方面撰写了不少军事理论著作，如《南征》（已佚）、《北出》（已佚）、《兵要》、《军令》、《兵法》、《南征教》等。这些军事理论著作，有的是他军事实践的指导思想，有的是他军事实践的经验总结。二是在实践方面有以下四大功绩。

第一，说服孙权接受孙刘联合抗曹的军事决策，取得了赤壁之战的巨大胜利。

赤壁之战是中国古代军事史上一次以少胜多、以弱

胜强的典型战例。建安十三年（208）赤壁之战前夕，在孙权集团内部，除了以鲁肃和周瑜为首的少数人主张抗击曹操外，以老臣张昭为首的多数人都主张投降曹操，加之曹操又写信对孙权加以威胁利诱，因此，孙权当时在抗曹还是降曹的问题上，态度犹豫，举棋不定。在此情况下，能否消除孙权的疑虑，使他改变举棋不定的犹豫态度，接受孙刘联合抗曹的军事决策，便成为赤壁之战能否取得胜利的关键问题。

鲁肃虽然提出了孙刘联盟的主张，但却未对孙刘和曹操两方军事形势的利弊进行分析；周瑜虽然对孙权和曹操两方军事形势的利弊进行了分析，但却未提出孙刘联盟的主张。由于二人各自侧重问题的一个方面，对问题的分析都欠全面深刻，因此都不足以消除孙权的疑虑，使他改变举棋不定的犹豫态度，接受孙刘联合抗曹的军事决策。与鲁肃和周瑜相比，诸葛亮的高明处有二。一是他在赤壁之战的前一年即建安十二年（207）的"隆中对策"中已经提出了孙刘联盟、合力抗曹的战略决策，时间比鲁肃和周瑜都早。二是他对问题的分析比鲁肃和周瑜都全面深刻，这具体表现在他奉使柴桑时劝说孙权的那段话中。正由于诸葛亮在那段话中不但提出了孙刘联盟、合力抗曹的军事决策，而且对孙刘和曹操两方军事形势的利弊进行了分析，因此才使孙权疑虑尽释，改变了举棋不定的犹豫态度，接受了孙刘联合抗曹的军事

决策，"即遣周瑜、程普、鲁肃等水军三万，随亮诣先主，并力拒曹公"（《三国志·诸葛亮传》），最终取得了赤壁之战的巨大胜利。

赤壁之战的胜利，是诸葛亮孙刘联盟、合力抗曹的战略决策在军事方面的成功体现。它不但使刘备首次有了独立的基地，奠定了后来魏、蜀、吴三国鼎立的基础，而且是诸葛亮本人军事才能和军事功绩的一次突出的展现。

第二，以法治军，成效卓著。

诸葛亮始终坚持以法治蜀，而以法治军则是他以法治蜀的重要组成部分。陈寿说诸葛亮"于治戎为长"（《三国志·诸葛亮传》），即指诸葛亮善于以法治军。以法治军的核心内容是法令严明，赏罚必信。关于诸葛亮以法治军的事迹，本书已在很多地方谈到，其中典型的例证如：首次北伐失败后的赏功罚过，具体地说，就是挥泪斩马谡，忍痛贬赵云，大奖副将王平，引咎自贬三级；四次北伐失败后的弹劾李平，以及平时治军的严格训练和严格执法等等。

军队是为政治目的服务、执行政治任务的最有力的工具，其作用在于保卫本国政权和抵抗外敌入侵。就蜀国而言，因其政治目的是要消灭曹魏，复兴汉室，故其军队又多了一项主动出击、讨伐曹魏的重任。但在三国之中，蜀国面积最小，人口最少，不可能在军队的数量

上与魏国相较，只能靠军队的质量取胜。诸葛亮清醒地认识到，兵不在多而在精，军事胜利的关键不在军队的数量，而在军队的质量。为了提高蜀军的质量，增强蜀军的战斗力，诸葛亮始终坚持以法治军，并取得了卓著的成效。诸葛亮在世时，弱小的蜀国之所以能长期与强大的魏国相抗衡，从军事方面讲，即得力于诸葛亮的以法治军。诸葛亮去世后，蒋琬和费祎相继为相，弱小的蜀国之所以仍能长期与强大的魏国相抗衡，从军事方面讲，仍得力于诸葛亮的以法治军，因为史称"蒋琬方整有威重，费祎宽济而博爱，咸承诸葛之成规，因循而不革，是以边境无虞，邦家和一"（《三国志·蒋琬费祎传》）。蒋琬和费祎既然"咸承诸葛之成规，因循而不革"，则说明他们也不加改动地继承了诸葛亮以法治军之成规，因此才使"边境无虞，邦家和一"。

第三，亲自指挥了平定南中的战役，并取得巨大胜利。

蜀国的南中四郡是少数民族聚居的边远地区，情况非常特殊。诸葛亮对南中四郡的叛乱所采取的特殊办法就是以"攻心为上"作为平定南中的总体策略和指导思想，同时辅以必要的军事手段。

在平定南中的战役中，最能表现诸葛亮军事才能的，是他对益州郡少数民族首领孟获的"七纵七擒"。史书对"七纵七擒"的记载虽然极为简略，但实际的交战过程肯

定极为曲折复杂。对曲折复杂的交战过程，我们虽然无法得知，也不敢随意杜撰，但从孟获最后所说的"公（指诸葛亮），天威也，南人不复反矣"（《三国志·诸葛亮传》裴松之注引《汉晋春秋》）这句话来看，以孟获为首领的南中少数民族不但被诸葛亮的"攻心"策略所折服，而且被诸葛亮的军事才能所折服。

第四，亲自指挥了北伐曹魏的五次战役。

北伐曹魏的五次战役，自建兴六年（228）春天开始，至建兴十二年（234）秋天诸葛亮病死五丈原军中为止，历时长达七年。它既是蜀国军事史上最重要的战役，也是诸葛亮经营时间最长、倾注心血最多的战役。在诸葛亮亲自指挥的五次北伐战役中，前三次魏军的主帅是曹真，后两次魏军的主帅是司马懿。在漫长的北伐战役过程中，两军主帅肯定都各自施展了自己的军事才能，有过许多相互斗智斗勇的事迹；两方的军队也肯定有过许多具体的军事行动。对此，史书虽有零星记载，但可惜过于简略，使人难以全面了解战役的详细过程。当然，从零星的记载中，可知蜀军在一些具体的军事行动上确曾取得过一些局部的胜利，从中可以看出诸葛亮非凡的军事才能。

以上诸葛亮在实践方面的赤壁之战、以法治军、平定南中、北伐曹魏四大军事功绩，连同前述他在理论方面的军事功绩，共同奠定了诸葛亮作为著名军事家的坚

208

实基础。陈寿在《三国志·诸葛亮传》中对诸葛亮在实践方面的以上四大军事功绩，都给予很高的评价。所以，诸葛亮不但是三国时期最著名的军事家之一，而且是整个中国古代历史上最著名的军事家之一。

但是，几乎倾注了诸葛亮最后七年全部心血的五次北伐战役，最后却毕竟失败了。北伐失败的原因当然很多，但最根本的原因是在客观上魏强蜀弱，力量相差过于悬殊。不过陈寿在《三国志·诸葛亮传》中谈及北伐失败的原因时，除了强调魏强蜀弱的客观因素外，还把失败原因与诸葛亮本人的军事才能联系起来。他说："然亮才，于治戎为长，奇谋为短，理民之干，优于将略。……昔萧何荐韩信，管仲举王子城父，皆忖己之长，未能兼有故也。亮之器能政理，抑亦管、萧之亚匹也，而时之名将无城父、韩信，故使功业陵迟，大义不及邪！"又说诸葛亮"可谓识治之良才，管、萧之亚匹矣。然连年动众，未能成功，盖应变将略，非其所长欤！"在陈寿看来，人的才能不可能兼备周全，诸葛亮也是如此。诸葛亮是像管仲、萧何那样的名相，其才能主要表现在治国理民方面，而不在军事方面。即使仅以军事而言，也是长于治军而短于奇谋将略。昔日管仲虽为一代名相，但不以用兵见长，于是向齐桓公荐举王子城父为将，以补己之短；萧何虽亦为一代名相，但同样不以用兵见长，于是向刘邦荐举韩信为将，以补己之短。蜀汉的情况不

同，由于当时没有像王子城父和韩信那样的名将，因此只能由短于奇谋将略的诸葛亮亲自领兵北伐，这也是北伐失败的原因之一。

陈寿写诸葛亮军事才能方面的不足之处，本来是史家实事求是、秉笔直书的正常做法，但后世某些人却认为这是陈寿对诸葛亮的报复。《晋书·陈寿传》说："寿父为马谡参军，谡为诸葛亮所诛，寿父亦坐髡，诸葛瞻又轻寿。寿为亮立传，谓亮将略非长，无应敌之才，言瞻惟工书，名过其实。议者以此少之。"陈寿之父受马谡的牵连，被诸葛亮处以髡刑（剃去头发），陈寿本人又被诸葛亮的儿子诸葛瞻所轻视，这都是事实。但若据此认为陈寿写诸葛亮、诸葛瞻父子的不足之处是对他们进行报复，这便把陈寿这位"良史"看得过于狭隘了。陈寿后半生生活于晋代，《三国志》也写成于此时，而诸葛亮正是晋代开国之祖司马懿的老对手。尽管身处对诸葛亮不利的晋代，但陈寿仍然编辑了《诸葛亮文集》奏闻晋武帝，并在《三国志·诸葛亮传》和该书的其他有关纪传中给诸葛亮以极高的评价。这说明陈寿不愧为一位正直的史学家，他并无故意报复和贬低诸葛亮的用意。针对《晋书·陈寿传》中所谓的"报复论"，清人赵翼在《廿二史札记》中批评道："此真无识之论也，亮之不可及处，原不必以用兵见长。"又说："其（陈寿）折服于诸葛深矣，而谓其以父被髡之故，以此寓贬，真不识轻重者。"愚意以为,赵翼的批评是有道理的。诸葛亮之长处确实很多,但不必把他的不足之处也说成长处;陈寿对诸葛亮是深为敬服的,他写诸葛亮短于奇谋将略,乃是据实而书,并非有意报复贬低,这并不影响诸葛亮作为著名军事家的历史地位。

对诸葛亮在军事上的不足之处,人们可能不乐于谈论,更不易于接受,但这毕竟是事实,有史料为证。我们指出诸葛亮在军事上的不足之处,目的是为了对诸葛亮作出实事求是的、客观准确的评价,并无丝毫贬低诸葛亮的用意。况且,世无完人,无论多么伟大的古今中外人物,都会有缺点,我们依据史实指出诸葛亮在军事上的不足之处,不但无损于诸葛亮作为著名军事家的历史地位,反而会使人们看到一个更加真实的诸葛亮。所以,对诸葛亮在军事上的不足之处,应该坦然正视,不必有意回避,更不必大惊小怪。

总之,从政治和军事两个大的方面来看,诸葛亮既是著名的政治家,也是著名的军事家。诸葛亮一生所建立的卓越的政治功绩和卓越的军事功绩,以及所表现的高尚的品德精神,使他不但成为三国时期最著名的丞相,而且成为整个中国古代历史上最著名的丞相之一。

五、两个不同诸葛

　　本书开头的"引言"中已经提到,《三国演义》中的诸葛亮,只是文学作品中所塑造的艺术形象,含有很大的虚构成分,并非历史上真实的诸葛亮;《三国志》中所记载的诸葛亮,才是历史上真实的诸葛亮。两个不同的诸葛亮,一虚一实,区别很大。现在再就这个问题,专门加以说明。

　　大约从唐代开始,在民间传说中就出现了一些关于诸葛亮和其他三国人物的故事。宋元时代,市民文艺特别繁荣,在"说话"艺术的"讲史"类中,又有了"说三分"的专门话本和专业艺人,其中有的就专门讲述关于诸葛亮的故事。与此同时,还出现了一些以三国历史为题材的戏曲,使得关于诸葛亮的故事又有增加。但是,以上关于诸葛

的各种故事，还只是粗陈梗概，叙事比较简略，情节比较简单。到了元末明初，罗贯中在唐代民间传说和宋元话本及戏曲的基础上，又吸取《三国志》和裴松之注所提供的材料，然后进行了大量的虚构和再创作，终于写成长篇历史小说《三国演义》。从此，一个足智多谋、神机妙算的诸葛亮艺术形象便呈现在读者面前，在社会上产生了广泛而深刻的影响。一般人所熟知的诸葛亮，也正是《三国演义》中所塑造的这个诸葛亮艺术形象。

《三国演义》当然是一部伟大的文学名著，其所塑造的诸葛亮、关羽、曹操、周瑜等一系列艺术形象，确实相当鲜活生动，令人拍案叫绝。但毋庸讳言，由于作者罗贯中具有明显的拥刘反曹倾向，因此在塑造刘备集团的主要人物时，对其都极力进行虚构美化；而对刘备集团的主要敌人曹操，则极力进行虚构丑化。在刘备集团内部，《三国演义》所着力塑造的是诸葛亮和关羽两个艺术形象。经过《三国演义》的虚构美化，关羽已经由人变成神，诸葛亮也是如此。为了表现诸葛亮的足智多谋和神机妙算，《三国演义》进行了大量虚构，诸如"博望用兵"（第三十九回）、"火烧新野"（第四十回）、"舌战群儒"（第四十三回）、"智激周瑜"（第四十四回）、"草船借箭"（第四十六回）、"火攻之计"（第四十六回）、"登坛祭风"（即"借东风"，第四十九回）、"智算华容"（第五十回）、"智辞鲁肃"（第五十二回）、"三气周瑜"

（第五十一回、五十五回、五十六回）、"锦囊三计"（第五十四回）、"卧龙吊丧"（第五十七回）、"计捉张任"（第六十四回）、"智取汉中"（第七十二回）、"安居平五路"（第八十五回）、"夜祭泸水"（第九十一回）、"骂死王朗"（第九十三回）、"乘雪破羌兵"（第九十四回）、"弹琴退仲达"，（即"空城计"，第九十五回）、"陈仓取胜"（第九十八回）、"斗阵辱仲达"（第一百回）、"诸葛妆神"（第一百零一回）、"火烧司马懿"（第一百零三回）、"诸葛禳星"（第一百零三回）、"遗计斩魏延"（第一百零五回）等等，全都出于虚构。其中个别事件，虽然史有记载，但与诸葛亮无关，例如"博望用兵"是刘备之事，诸葛亮当时尚在隆中隐居；"火攻之计"是黄盖的建议，与诸葛亮和周瑜均无关涉；"智取汉中"是法正的功劳，诸葛亮当时留守成都，根本木去汉中。而《三国演义》的作者移花接木，将其都写成诸葛亮的故事，这当然就成为虚构。

　　"六出祁山"是《三国演义》写得最为详细的一组关于诸葛亮的故事。这组故事的史实依据是诸葛亮的五次北伐曹魏。将"六出祁山"与五次北伐相比较，便可看出《三国演义》为了表现诸葛亮的足智多谋和神机妙算而进行了以下大量虚构。第一，诸葛亮本来只有五次北伐，而《三国演义》却虚构为六次。第二，诸葛亮的五次北伐，只有第一次和第四次出兵祁山，而《三国演义》

却虚构为六次全都出兵祁山。第三，在诸葛亮的五次北伐中，前三次魏军的主帅都是曹真，与司马懿毫无关系；后两次魏军的主帅才是司马懿。而《三国演义》却虚构为从首出祁山开始，诸葛亮就一直与魏军主帅司马懿交兵。第四，诸葛亮的五次北伐，除第三次夺得武都、阴平两郡，小有收获之外，其余四次都失败了。而《三国演义》却虚构出很多诸葛亮获胜的战役。以第二次北伐为例，当时诸葛亮出兵散关，进围陈仓，遇到早有准备的魏国陈仓守将郝昭的顽强抵抗，诸葛亮无计可施，加之军中粮尽，魏国援兵将至，只得退军。这本来是一次败仗，而《三国演义》却虚构为诸葛亮大获全胜，夺得陈仓，并在第九十八回的回目中赫然标出"袭陈仓武侯取胜"，与历史事实完全相反。第五，《三国志·诸葛亮传》记载诸葛亮的五次北伐，总共不过三百字左右，没有什么故事，更无具体情节。其他相关人物的传记和裴松之的注文虽然补充了一些材料，但也十分简单。而《三国演义》却用整整十三回的篇幅（第九十二回至第一百零四回）虚构了大量的故事，如前面所提到的"骂死王朗"、"乘雪破羌兵"、"弹琴退仲达"、"陈仓取胜"、"斗阵辱仲达"、"诸葛妆神"、"火烧司马懿"、"诸葛禳星"等；至于所虚构的具体情节，更是多不胜数。

为了表现诸葛亮的足智多谋和神机妙算，《三国演义》第九十五回还写了诸葛亮首出祁山时，在西城县对

司马懿所采用的"空城计"。这个故事影响很大，这里不得不特别加以说明。所谓"空城计"，在《三国志·诸葛亮传》裴松之注所引《蜀记》之"郭冲五事"其三中确有记载，内容是这样的：诸葛亮由成都进驻汉中郡沔阳县之阳平关后，派魏延统率蜀军主力东下，自己只留万人驻守阳平关城。司马懿率二十万大军抵御蜀军，途中与魏延大军错道，遂径直前进，来到离阳平关只有六十里的地方。诸葛亮得知司马懿大军突然来到，形势非常危急，本欲离关前赴魏延之军，但相去已远；欲命魏延回军反追司马懿，亦势不相及。在将士失色、莫知其计的情况下，诸葛亮从容不迫，意气自若，命军中皆偃旗息鼓，不得妄出营帐，又大开城门，命兵士若无其事地打扫道路，自己则谢绝宾客，细观动静。侦察兵将情况告诉司马懿后，司马懿认为诸葛亮向来谨慎持重，不肯冒险，阳平关城中，疑有伏兵，于是引军循山退逃。事后，司马懿得知阳平关城中守兵不多，自己中了诸葛亮的空城之计，便深为憾恨。以上《蜀记》之"郭冲五事"其三中关于"空城计"的记载，荒诞不经，谬误百出。其最主要的谬误有以下几点：第一，诸葛亮驻屯汉中阳平关时，司马懿正驻屯宛县（今河南南阳），两人从未对阵交兵。如前所述，诸葛亮与司马懿在战场上的正面交锋，只出现在第四次北伐和第五次北伐时，在此之前的魏蜀多次交兵中，魏军主帅均是曹真，不是司马懿。其中建兴八年（230）秋天魏国以曹真为主帅，兵分三路进攻汉中时，司马懿虽由西城郡（今陕西安康）西进，配合由关中南进的曹真与张郃，但三路大军不久皆因霖雨而奉诏退回，诸葛亮也未与司马懿对阵交兵。何况，魏军三路进攻汉中，是第三次北伐和第四次北伐之间的事情，当时诸葛亮已不驻阳平关，而是徙营于南山下原上，坐镇城固，从容自若地静待魏军。既然诸葛亮驻屯阳平关时从未与司马懿对阵交兵，则他绝不可能对司马懿采用空城之计。第二，据《三国志·魏延传》记载，魏延每次随诸葛亮北伐，总想请兵万人，抄近道奇袭长安，与诸葛亮异道会兵于潼关，而诸葛亮一则不肯冒险，二则对魏延单独领兵不太放心，总是制而不许，魏延因此常说诸葛亮胆怯，叹恨己才不能尽用。从诸葛亮对魏延的态度来看，他对魏延单独领兵万人以伐魏的请求尚不允许，更不会主动派魏延单独统率蜀军主力东下，而自己只留万人守城。第三，诸葛亮北伐曹魏，虽然每次具体的进军路线不尽相同，但总的方向是由汉中北越秦岭，进攻关中或陇右。而派魏延由阳平关率主力东下的记载，与史实大相径庭，真可谓南辕北辙，背道而驰。而且，魏延所率之主力自西向东，司马懿所率之二十万大军自东向西，在南北狭窄的汉中地区，两军的数十万人马竟会错道而过，其说实难凭信。另外，魏延率主力东下的最终结局如何，亦无交代，可见其为凭空虚构。第四，

以老谋深算、善于用兵的司马懿而言，他即使怀疑六十里之外的阳平关城中有强兵埋伏，也可凭借自己的二十万大军持重设防，静观虚实，绝不至于被吓得立即引军退逃。说司马懿疑有伏兵即引军退逃，这既有违一般军事常规，也不合久经战阵、见多识广的司马懿的个性。

第五，据《三国志·诸葛亮传》裴松之注所引《蜀记》记载，晋初，扶风王司马骏镇守关中时，郭冲曾向司马骏条举诸葛亮隐没不闻之五件逸事（即《蜀记》所谓的"郭冲五事"，《新唐书·艺文志》著录为"郭冲《诸葛亮隐没五事》一卷"），而司马骏"慨然善冲之言"。但《蜀记》的以上记载，有个难以解释的矛盾：《蜀记》所引录的"郭冲五事"其三之"空城计"一事，明显是贬毁司马懿的，而扶风王司马骏是司马懿的儿子。如果郭冲当初向司马骏所条举的诸葛亮五件逸事中真有"空城计"一事，则等于郭冲当着司马骏之面，揭露司马懿之短，如此对子毁父，理所不容，司马骏也绝不会"慨然善冲之言"；既然司马骏"慨然善冲之言"，则说明郭冲当初向司马骏所条举的诸葛亮五件逸事中必无"空城计"一事。裴松之对"郭冲五事"全部持怀疑态度，所以在注引的同时，又认为"冲之所说，实皆可疑"，并逐条加以驳斥，还认为《蜀记》引录"郭冲五事"，是"举引皆虚"。我并不认为《蜀记》所引录的"郭冲五事"全属子虚乌有，但在郭冲当初向司马骏所条举的诸葛亮五件逸事中，肯定没有"空城计"一事。至于"空城计"一事如何出现在《蜀记》所引录的"郭冲五事"中，则很难断定，有可能是《蜀记》作者假托郭冲之名义而杜撰置换的。以上五点，完全可以证明《蜀记》之"郭冲五事"其三的"空城计"一事，是荒诞谬误的。但是，《三国演义》为了表现诸葛亮的足智多谋和神机妙算，将《蜀记》之"郭冲五事"其三中这个本来就荒诞不经、谬误百出的记载顺手拿来，再将时间由北伐之前改为首出祁山兵败街亭之后，将地点由汉中阳平关改为祁山（今甘肃礼县祁山堡）附近的西城县，又增添了许多新的情节，于是写成"空城计"这一影响很大的故事。这当然也就成为虚构。

历史上真实的诸葛亮当然是一位才智杰出的著名人物，连他的对手司马懿也不得不称赞他是"天下奇才"。文学作品当然允许虚构，即使以历史为题材的"演义"类小说，也允许合情合理的虚构，因为"演义"本身就是指以一定的历史事实为背景，以史书及传说的材料为基础，再加以虚构而写成的章回体小说。但是，《三国演义》对诸葛亮足智多谋和神机妙算的虚构无疑太为过分，使小说中的诸葛亮艺术形象与历史上真实的诸葛亮形成过大的差异。鲁迅在《中国小说史略》中就批评《三国演义》"状诸葛之多智而近妖"，认为小说对诸葛亮足智多谋和神机妙算的虚构太为过分，认为小说把诸葛亮塑造成能掐会算、能呼风唤雨的神仙，太不近人情，不合事理。章学诚

在《丙辰札记》中曾说《三国演义》所写之事是"七实三虚"，这是就小说中所展示的总体历史框架和所叙述的重大社会事件以及主要人物的生平大事而言的。以《三国演义》中的诸葛亮艺术形象为例：小说中所叙述的诸葛亮躬耕南阳、隆中对策、联孙破曹、白帝受命、平定南中、北伐曹魏等生平大事，全都有案可稽，有据可查，与历史上真实的诸葛亮是一致的。从这个角度来看，小说中的诸葛亮艺术形象是真实的。但是，《三国演义》为了集中表现诸葛亮的足智多谋和神机妙算，在所提到的每件生平大事中又虚构了大量的故事和多不胜数的具体情节（如"七纵七擒"孟获，虽然确有其事，但故事和情节却多为虚构），有时甚至不惜代价地虚构生平大事本身（如"智取汉中"），而对另外一些生平大事则一笔带过甚或根本不提（如"镇守成都，足食足兵"），从而使小说中的诸葛亮艺术形象与历史上真实的诸葛亮形成过大的差异。

《三国演义》中所塑造的诸葛亮艺术形象，是足智多谋和神机妙算的化身，其品德人格也近乎十全十美，几无瑕疵可指。历史上真实的诸葛亮则不然，他虽是著名的政治家和著名的军事家，是一代名相，但又是人不是神，有得也有失，并非无瑕可指的完人。两个不同的诸葛亮，一虚一实，区别很大。所以，我们绝不能将《三国演义》中所塑造的诸葛亮艺术形象与历史上真实的诸葛亮混为一谈；如果混为一谈，将会贻笑大方。

后　记

这里说明三个与本书有关的问题。

第一，关于本书的材料来源问题。由于本书所介绍的是历史上真实的诸葛亮，不是《三国演义》中作为艺术形象的诸葛亮，因此，我所依据的材料主要是陈寿的《三国志》和裴松之的注文以及诸葛亮本人的文集，同时酌参《后汉书》和《晋书》等正史，而对于《三国演义》中所虚构的关于诸葛亮的大量故事和多不胜数的具体情节，则一概不加采用。本书所写的诸葛亮及所涉及的有关人物、事件、时间、地点等，全都有据可查，不敢稍有虚构。

第二，关于本书材料来源的注释问题。限于撰写体例，本书不可能对所有材料来源全部注明出处，只能对未在正文中提及书名的引文采用"夹注"的形式注明出处。而"夹注"又分为两种情况：一是个别情况下在引号内直接引用原文，这样，则在后面的圆括号内直接注

以书名篇名。二是为了便于读者理解原文，多数情况下在引号内引用原文的译文，这样，则在后面的圆括号内注以"原文见某书某篇"。

第三，关于本书对诸葛亮的评价问题。由于预定字数的限制和尽量避免集中评论的撰写要求，因此本书不可能以大量篇幅对诸葛亮进行全面评价，只能在第四部分对其事功得失加以简评。而第五部分之所以将《三国演义》和《三国志》中两个不同的诸葛亮加以区分，其意亦在于对历史上真实的诸葛亮做出准确的评价。评价历史人物，必须把握两个要点：一是要尊重历史事实，以历史事实为依据，不能随心所欲地妄发无根之论。二是要运用正确的思想观点和科学的思想方法去分析历史事实。对于前一点，我自认为做到了。对于后一点，我虽然主观上尽了最大的努力，但限于思想水平，客观上未必能真正做到。因此，本书对诸葛亮的简评，只是我个人的一孔之见，欢迎见仁见智的读者批评指正。

诸葛亮去世至今将近一千八百年了。对这位中国古代历史上的一代名相，我无比钦敬，心仪已久。当年我在家乡古都长安时，即多次想探访诸葛亮曾经屯兵争战并赍志而殁的五丈原，但一直未能如愿。1994年冬季返乡省亲时，曾因事由西安前往宝鸡。汽车西驰在关中古道上，当时天空晴朗，丽日高照，我隔着车窗，南望巍峨之秦岭，北望浩荡之渭水，心情非常愉快。进入岐山县境，同车的舍甥王顺利突然为我遥指斜谷口西侧的五丈原，并说原上至今仍有诸葛亮祠庙，平时游人络绎不绝。我立即陷入沉思，不禁回想起诸葛亮的一生，尤其是他在五丈原的往事，因用唐人温庭筠《经五丈原》七律诗之韵脚，凑成小诗一首，以示纪念。现抄录于下，作为本书的结束语：

> 孔明法峻不容尘，劝戒情深暖似春。
>
> 七纵攻心服悍帅，五伐奋志见忠臣。
>
> 方筹上策平关右，岂意长星陨渭滨。
>
> 尽瘁鞠躬垂令范，古来名相第一人。